«PANDORA»

SARA RATTARO

L'AMORE
ADDOSSO

Sperling & Kupfer

Realizzazione editoriale a cura di Oldoni Grafica Editoriale.

L'AMORE ADDOSSO

Copyright © Sara Rattaro, 2017
Published by arrangement with Meucci Agency, Milano.
© 2017 Sperling & Kupfer Editori S.p.A.

I Edizione marzo 2017

ISBN 978-88-200-6151-7

Anno 2017-2018-2019 - Edizione 1 2 3 4 5 6 7 8 9 10

Quel giorno

Ci sono molti modi per scoprire come stanno le cose. Possiamo fare domande, consultare un manuale o affidarci al destino.

La tua mano è scivolata dalla mia. Mi sono girata pensando di trovarti pronto a fotografarmi per rapire un momento tutto nostro. Uno dei pochi.

Invece ti sei accasciato a terra e per un attimo, uno brevissimo, ho creduto che avessi voglia di scherzare. Il tempo di un battito di ciglia ed ero lì accanto a te, sulla nostra sabbia, vicino al nostro mare e con la salsedine che ci colpiva il viso portata dal vento.

Ho urlato mentre ti sbottonavo la camicia.

Ho urlato mentre cercavo il cuore che spingeva ostinato sotto la tua pelle.

Ho urlato perché puoi attraversare una vita intera e accorgerti troppo tardi che ti basta una manciata di secondi per capire di amare qualcuno, e questo può fare solo molta paura.

Ti hanno infilato un tubo in gola e ti hanno caricato su un'ambulanza. Mi hanno permesso di salire accanto a te. Nessuno diceva nulla perché erano troppo concentrati a salvarti la vita. Abbiamo superato una lunga coda, il solito incidente che paralizza la città e che riesce a innervosirti, perché non pensi mai che potresti essere tra quelli che hanno avuto la peggio. Un'auto ha sfondato il guardrail e si è fermata contro un grosso albero che le ha impedito di precipitare nel vuoto. L'autista dell'ambulanza si è accertato che la centrale operativa fosse già stata avvertita e che un'altra équipe fosse in arrivo. Quando la porta si è aperta davanti al Pronto Soccorso, ti hanno portato via.

«Signora, lei è la moglie?»

Ci avevamo scherzato su almeno un paio di volte. Se ci fossimo mai trovati in una situazione simile, sapevamo esattamente come comportarci, anche se non pensi mai che si possa avverare sul serio.

«No, io passavo di lì per caso e l'ho solo soccorso. Non lo conosco», ho risposto e, con quella sciocca bugia, ti ho lasciato andare.

«Aspetti», ho strillato.

«Cosa?»

«Mi farebbe comunque piacere avere sue notizie.»

«Possiamo fornire informazioni sui pazienti soltanto ai famigliari.»

«Sarà difficile prendere sonno stasera. Lo scrupolo di non aver fatto abbastanza...»

L'infermiera mi ha fissata. «Perché non si ferma un po' qui? Si prenda qualcosa di caldo al bar, io provo a ripassare.»

«Grazie», ho risposto e mi sono seduta su una sedia perché le gambe hanno iniziato a tremare. È difficile spiegare cosa ho provato. Cercavo di pensare a quello che mi stavi dicendo prima che accadesse. Riavvolgevo le immagini nella mia testa come se fossero state una pellicola. L'ho fatto e rifatto più volte, diventando sempre più attenta ai particolari, perché quello era l'unico modo per impedire alle lacrime di ridurmi in briciole. Dovevo immaginarti vivo, così come ti ho sempre visto.

Avevo lasciato tutto là. La mia borsa con il telefono mi stava aspettando nella nostra casa al mare. Un bilocale sulla spiaggia di cui avevamo pagato l'affitto in contanti per non lasciare tracce. Perché non fosse reale, come il resto delle nostre scelte.

«È lei la signora che ha soccorso mio marito?»

Ho alzato lo sguardo su una donna che avrei dovuto non aver mai visto prima, ma che aveva un viso familiare. Ho socchiuso le labbra senza fiatare, perché quella donna mi assomigliava più di quanto potessi accettare.

«Come sta?» ho sussurrato.

«Lo stanno operando. Devono ridurre la pressione nel cervello. Mi hanno detto che, se lei non fosse intervenuta subito, sarebbe morto lì da solo... Volevo ringraziarla.»

Le sue parole, il suono sordo delle nostre bugie e

l'immagine di te steso al suolo mi hanno attraversata come frecce appuntite, ho portato una mano alla bocca e finalmente sono scoppiata a piangere. Nel momento più sbagliato, nel luogo più inadatto.

Tua moglie mi ha allungato un fazzoletto.

«Lei è scioccata! Si faccia dare qualcosa dall'infermiera e chiami qualcuno che l'accompagni a casa.»

Ho cercato di contenere la mia reazione.

«È che non ho mai soccorso nessuno e non sapevo cosa fare. È successo tutto così in fretta.»

«Ha fatto moltissimo. Gli ha salvato la vita. Grazie. Ora mi scusi, ma devo tornare da mio marito.»

Sono rimasta lì a guardarla camminare verso di te come se avesse una velocità tutta sua, e per la prima volta ho capito cosa significasse essere l'altra.

Accorgersi in tempo della qualità delle carte che si hanno in mano è il modo migliore per provare a chiudere la partita.

Sono uscita dall'ospedale e sono salita su un taxi che mi avrebbe aspettata fuori dalla nostra casa perché potessi salire a recuperare i soldi per pagarlo. Quando sono entrata nel nostro nido d'amore, la luce ha illuminato tutto. Il letto ancora disfatto, i piatti sporchi nel lavandino e il giornale che avevi sfogliato mentre io condivo l'insalata. Ho guardato l'ora. Era tardi. Sarei dovuta correre a casa con una scusa plausibile. Ho afferrato la mia borsa e ho fissato il tuo mazzo di chiavi. Le ho prese per istinto, come se avessi il preciso compito di nasconderle, di proteggerle, o solo per avere ancora qualcosa di tuo tra le mani.

Sono scesa e sono risalita sul taxi per farmi riportare a casa. Lì, nascosta sul sedile posteriore mentre la periferia della mia città mi passava accanto, ho iniziato a singhiozzare silenziosa, perché esiste una cosa sola peggiore del dolore che stai vivendo: non poterlo raccontare a nessuno.

Il mio telefono ha squillato. Ho asciugato le lacrime e ho cercato di calmarmi perché la voce non sembrasse strozzata e amara come me. Il nome di mia sorella lampeggiava sotto ai miei occhi. Non ho risposto. Non erano importanti né lei né l'organizzazione del suo matrimonio. Le avrei detto che ero sotto la doccia e che non avevo sentito.

Quando il suono si è fermato, ho visto che avevo perso otto chiamate. Sei di Ilaria, mia sorella, e due di casa. Avevano iniziato a telefonarmi verso le cinque del pomeriggio, il momento in cui tu ti sei sentito male, e avevano continuato a intervalli regolari.

Ho cercato il suo numero e l'ho richiamata.

«Giulia, finalmente! È tutto il pomeriggio che ti stiamo cercando! Emanuele ha avuto un incidente in auto. Hanno chiamato a casa tua e la colf mi ha telefonato perché non riusciva a trovarti. Devi correre in ospedale immediatamente.»

Sono rimasta immobile a fissare il vuoto oltre il finestrino, chiedendomi per quale motivo i giorni in cui perdi qualcosa inizino esattamente come tutti gli altri.

Esiste un momento preciso nel destino di ognuno di noi in cui una cosa diventa chiara: siamo sempre noi gli unici responsabili delle nostre azioni.

IL taxi si è fermato a pochi metri dall'entrata principale e sono scesa di corsa. Ho evitato un paio di persone e ho conquistato le scale. Sarei voluta salire fino al terzo piano, dove ti avevo lasciato poco prima, ma mi sono fermata, non senza esitazioni, al secondo seguendo le precise indicazioni di mia sorella.

«Giulia, finalmente. Dottore, le presento mia sorella. È la moglie...»

Anche nei momenti peggiori, Ilaria avrebbe saputo come formalizzare una presentazione nel migliore dei modi.

«Giulia, lui è il dottor Guidi, esperto in traumatologia», ha aggiunto mentre cercavo di prendere fiato.

«Come sta?» ho chiesto ignorando completamente mia sorella.

«Lo hanno appena portato in sala operatoria. Ha una contusione polmonare che voglio mettere a posto subito e una brutta frattura alla spalla. L'ortopedico interverrà in un secondo tempo. Suo marito non aveva la cintura. Poteva andargli peggio. Purtroppo possiamo operarlo soltanto adesso, perché qualche ora fa è arrivata un'urgenza che ha scombussolato l'ordine degli interventi. Comunque la terrò informata», mi ha risposto poco prima di girarsi per allontanarsi da me.

«Aspetti», ho gridato. «Come sta l'urgenza di oggi pomeriggio? Quell'uomo con l'emorragia cerebrale...»

Non ero riuscita a resistere.

Il dottor Guidi mi ha guardato come se io fossi una veggente, così, comprendendo il suo stupore, ho aggiunto: «L'ho soccorso io. È svenuto in spiaggia e io ero proprio lì quando è successo... per caso...»

«Cosa?» si è intromessa Ilaria.

«Non posso fornire queste informazioni, signora. Ma se ha qualche speranza, credo che lo debba a lei.» E lasciandomi lì, in un mare di guai, se n'è andato.

«Cos'è questa storia?»

«Quale storia?» ho risposto cercando di prendere tempo per difendermi da mia sorella e dalla sua curiosità morbosa.

«Chi è questo che hai soccorso oggi?»

«Non lo conosco...» ho mentito. «Ero sulla spiaggia e l'ho visto accasciarsi a terra, così sono intervenuta...»

«Ma non eri in riunione oggi?»

Quello che ha inventato il detto «le bugie hanno le gambe corte» si doveva essere trovato in una situazione simile alla mia.

Ilaria mi aveva chiesto di accompagnarla alle prove

del suo abito da sposa e io mi ero inventata un'importante riunione di lavoro per vedermi con Federico.

«L'hanno rimandata.»

«Potevi chiamarmi e raggiungermi dalla sarta...»

«Be', meno male che non l'ho fatto. Hai sentito cos'ha detto il dottore? Il mio intervento può avergli salvato la vita», e mentre pronunciavo quelle parole ho iniziato a respirare a fatica. Avevo bisogno della mia medicina per l'asma e di sedermi.

Ilaria mi ha avvicinato una sedia e mi ha aiutato a prendere il broncodilatatore dalla borsa. Emanuele me ne aveva legato uno al manico con un nastro rosso, così che potessi vederlo facilmente.

«Sta quasi finendo, devo ricordarmi di comprarne uno nuovo», ho mormorato, più per smorzare la tensione che altro.

Dopo pochi secondi ho ripreso a respirare regolarmente e a provare il fortissimo desiderio di salire al piano di sopra a chiedere notizie di Federico.

«Senti», ho detto rivolgendomi a Ilaria, «salgo un attimo a chiedere come sta quell'uomo.»

«Hai sentito cosa ha detto il dottore? Non possono darti informazioni. Sei una sconosciuta. C'è la privacy...»

«Sì, certo, ma voglio provarci lo stesso.»

La verità è che mi sarebbe bastato vederlo.

«Giulia, io ti devo dire una cosa importante.»

«Dimmi», l'ho esortata mentre ero intenta ad alzarmi.

«È molto difficile, ma credo sia meglio che tu la sappia

11

da me prima di scoprirla da sola, magari perché qualche infermiera non sa tenere la bocca chiusa.»

Mia sorella sapeva sempre come incuriosire i suoi interlocutori. Questo era certo.

«Cosa c'è?» le ho chiesto con calma, guardandola nei suoi occhioni da cerbiatta lacrimevole, modello «sono in ospedale a soccorrere mio cognato perché mia sorella pensa solo a se stessa».

Lei ha deglutito, ha appoggiato entrambe le mani sulle mie braccia e, prendendo un unico respiro, ha confessato «Emanuele ha un'amante!» come se sputasse una caramella dal sapore disgustoso.

Per un attimo, il desiderio di godermi lo spettacolo di lei che cambiava espressione mentre le rispondevo che ne ero a conoscenza da più di due anni mi è salito addosso come un rampicante. Ma non era quello che dovevo fare, perché, ora che lo sapeva anche lei, la relazione extraconiugale di mio marito era diventata un problema vero. Un problema da affrontare. Un altro.

Si chiama tempo zero: per gli scienziati è il momento in cui tutto ha inizio.

Ho sgranato gli occhi come se fossi sorpresa, poi ho guardato per terra per apparire colpita. Ho aperto e chiuso la bocca come se cercassi le parole e poi ho lasciato che tutta la paura che avevo addosso trovasse il suo sfogo. La mia sofferenza era autentica, ma per il motivo sbagliato.

12

Così, lì tra le braccia di mia sorella, non ho pianto Emanuele bensì Federico, la sua espressione assente e la mia impotenza.

Ilaria mi ha accarezzato la testa e, senza domandarsi come mai non le avessi chiesto se fosse certa di quello che mi aveva detto, ha iniziato a raccontarmi quello che moriva dalla voglia di raccontarmi.

«È successo sulla statale. L'auto ha sbandato, hanno sfondato il guardrail e per poco non precipitavano in una scarpata...»

Avevi voglia di fare due passi sulla spiaggia, ti capita sempre quando sei malinconico.

«Hanno dovuto tagliare le portiere perché erano bloccate.»

Mi stringevi forte la mano e guardavi il mare.

«Lui si è fatto male, mentre lei aveva solo qualche graffio...»

Ho pensato che volessi parlare di qualcosa di importante. Qualcosa che avrebbe meritato un'atmosfera adatta.

«Quando sono arrivata in ospedale, mi hanno detto che c'era una donna in attesa di avere sue notizie. Ho creduto fossi tu, che finalmente fossero riusciti ad avvertirti. Mi sono ritrovata davanti una perfetta sconosciuta. Le ho chiesto chi fosse e per quale motivo fosse lì. Mi ha detto che era un'amica, capisci? Credeva che fossi scema?»

Hai lasciato la mia mano e, quando mi sono girata, ho pensato che fosse l'ora, che mi avresti guardata negli occhi e mi avresti detto che era arrivato il momento di assumerci le nostre responsabilità...

«Non ci ho più visto. Era una biondina smaliziata, la classica sciacquetta da una botta e via.»

Ti ho visto accasciarti al suolo tenendoti la testa. Non so cosa ho pensato. Non so se si può pensare a qualcosa in certi momenti o se il cervello si blocca per permettere all'istinto di lasciarti urlare.

«L'ho cacciata via. Le ho detto quello che pensavo. Si doveva solo vergognare. Non volevo che tu la trovassi qui a piangere per tuo marito.»

In ambulanza ho raccontato quello che non siamo. L'ho fatto per noi.

«Si è messa a piangere ed è scappata via. Te lo immagini cosa sarà in grado di fare la mamma quando lo verrà a sapere?»

Mi sono nascosta dietro una bugia per poter restare.

«Tanta sfacciataggine non la posso tollerare. Senza nessun rispetto per te che sei sua moglie...»

Ti ho dovuto lasciare sperando che tu fossi in mani migliori delle mie.

Che tu dica la peggiore verità o la migliore bugia, poco importa. Se non è un tuo diritto, non puoi parlare.

«Ilaria, ho bisogno del tuo aiuto.»
«Certo. Sono qui...»

«Voglio passare la notte a vegliare Emanuele. Puoi andare a casa a prendermi qualcosa? Una maglia pulita e lo spazzolino da denti.»

Ilaria si è ricomposta e ha afferrato il mazzo di chiavi che le stavo porgendo.

Avevo trovato il modo di liberarmi di lei. «Ilaria, aspetta!»

Mia sorella si è voltata come se fosse ammaestrata.

«Non dire nulla alla mamma. Lascia che sia io a parlargliene.»

L'ho vista annuire ed è scappata via.

Ho aspettato che fosse sparita nel corridoio e mi sono alzata. Sono andata verso le scale e sono salita. Mi sono mossa piano per non dare nell'occhio. Un gruppo di persone erano ferme davanti al corridoio. Le conoscevo. Le avevo viste nelle fotografie sul tuo telefono e una volta anche da lontano. Erano i tuoi figli. Il più piccolo aveva gli occhi rossi e si lasciava abbracciare da una signora anziana, l'altro, quello adolescente, camminava avanti e indietro con lo sguardo fisso sul pavimento. Ho immaginato tua moglie seduta accanto a te a tenerti la mano. Ho sperato che ti facesse bene, che l'amore della tua famiglia fosse capace di salvarti. Non è a questo che serve?

Ho fatto qualche passo in avanti come se fossi trasparente. Nessuno si curava di me. Nessuno sapeva chi fossi e cosa volessi lì. Poi un angolo della stanza. Ho sperato di vedere il letto su cui eri sdraiato, e la voglia di entrare mi ha fatta muovere. Sono entrata.

«È lei», ha esclamato tua moglie.

Mi sono avvicinata al letto mentre si asciugava il viso. «Dicono che queste ore sono le più importanti. Gli sto raccontando di noi e dei ragazzi. Ho letto da qualche parte che la forza dei ricordi può aiutarlo. Una vita insieme. Ho solo l'imbarazzo della scelta.»

Avevi la testa fasciata e il viso pallido. Se avessi potuto parlare, se fossi stata abbastanza onesta da non aver paura delle conseguenze, mi sarei seduta accanto a te, avrei intrecciato le mie dita alle tue e ti avrei parlato di quando siamo andati a sciare di mercoledì mattina, della baita con il camino e dei tuoi tentativi di cucinarci la cena, di quando siamo andati a portare la caparra per l'affitto del nostro nido d'amore e dei quadri che abbiamo comprato perché diventasse meno anonimo. Del film erotico che hai affittato per movimentare un pomeriggio d'autunno e di come siamo finiti a guardarlo ridendo sul divano, dei tentativi mal riusciti di farmi cambiare idee politiche e di tutte le cose che ci siamo regalati e che non abbiamo mai portato fuori dalla nostra casa.

Condividevo una cosa con tua moglie. L'imbarazzo della scelta tra un mare di ricordi.

«Come mai è tornata?» mi ha chiesto come se la cosa la insospettisse.

«Purtroppo mio marito ha avuto un incidente e ora lo stanno operando.»

16

«Davvero? Oh mio Dio, mi dispiace. Spero non sia nulla di grave.»

«Si rimetterà», ho risposto, sperando che quelle parole fossero pronunciate anche da lei.

Non mi importava come, quello che volevo era riaverti.

«Sembra che uno strano destino ci abbia legate...» ha detto tua moglie, ed è stata una frase carina che poteva avere infiniti significati.

Entrambe al capezzale dei rispettivi mariti, entrambe da loro tradite. Mi sono chiesta se quella fragile donna fosse esattamente quello che sembrava, una moglie e madre devota priva di un lato oscuro o se, esattamente come me, fosse solo molto brava a mentire per mantenere il controllo.

«Spero che Federico si rimetta presto», ho detto prima di voltarmi per uscire.

«Come fa a sapere il suo nome?»

Il ghiaccio mi si è formato tra le ossa.

«Che sciocca! Avrà letto i suoi documenti per farmi avvertire...» ha aggiunto lei mentre io le davo già le spalle.

«Proprio così», ho risposto senza voltarmi, conquistando il corridoio come se fosse pieno di ossigeno.

Ho camminato lentamente scartando il dolore dei tuoi figli e ho aspettato di girare l'angolo per sentirmi in colpa. Per rispetto.

* * *

Ilaria aveva obbedito ai miei ordini e mi aveva portato
ciò che le avevo chiesto. L'avevo intercettata all'ingresso.
Indossava un abito aderente e dei tacchi vertiginosi.
Mi ero accorta del suo arrivo dagli sguardi accesi degli
infermieri, che sembravano non aver mai visto una
donna in carne e ossa.

«Sei uno schianto! Non ti pare un po' esagerato per
l'occasione?» ho ironizzato.

«L'occasione è il mio addio al nubilato. Ti ricordo
che domenica mi sposo!» ha risposto lei un po' stizzita.

«Ah già... e dove?»

«Come *dove*?» ha strillato.

«Scherzavo, dai. Non credo esista nessuno nel raggio
di cento chilometri che non sappia che grande giorno
sarà domenica.»

«Fai pure dell'umorismo. Te lo concedo, vista la
situazione. Comunque io domenica mi sposo, e tu non
hai ancora visto il vestito...»

«Mamma ha detto che è bellissimo.»

«Davvero l'ha detto?»

«No, ma l'avrebbe fatto se gliel'avessi chiesto.»

«Uhm, spiritosa... Ora scappo, perché hanno prenotato il tavolo al *Tumbler*, quello centrale, e ci hanno
pregate di essere puntuali.»

Con quelle parole, mia sorella si è dileguata, lasciandomi una borsa con un pigiama e qualche effetto personale
che aveva trovato nel mio bagno senza cercare troppo.

18

Per un attimo la nostra assurda conversazione mi aveva allontanata dal mio dolore e di questo le sarei stata grata, anche se per lei esprimersi così era perfettamente normale.

Io ero qui con un marito in ospedale beccato in auto con un'altra, e lei cinguettava del suo matrimonio e del tavolo in discoteca. Sapevo che non ne avrebbe fatto parola con nessuno, neanche tra qualche ora, quando sarebbe stata piena di alcol. In questo era esattamente come nostra madre.

Se un diamante fosse perfetto sarebbe solo luce.

DOPO aver guardato Ilaria sgambettare verso la sua serata speciale, sono rientrata in ospedale tenendo a tracolla la borsa che mi aveva portato.

Ho fatto qualche passo verso le scale e l'ho vista. La moglie di Federico era seduta a un tavolino del bar. Ha alzato la testa e, notandomi, mi ha fatto un cenno.

«Le offro qualcosa?»

«Non si disturbi...»

«Per sdebitarmi di quello che ha fatto non basta certo un panino in un posto così, ma se lo accetta ne sarei felice.»

Era lieve e educata. Così difficile da odiare.

«Grazie, ma non ho molta fame. Prenderò un tè per ora.»

«Si sieda, glielo ordino. A proposito, io mi chiamo Flavia.»

«Io sono Giulia.»

Ho appoggiato la borsa sulla sedia a fianco e l'ho

osservata. Si muoveva lenta e aggraziata. Poteva avere qualche anno più di me ma non troppi, forse l'angoscia l'aveva invecchiata e se avessi sbirciato i suoi documenti avrei scoperto che avremmo potuto frequentare la stessa scuola. Almeno Emanuele aveva avuto la decenza di sceglier! a più giovane, carne fresca. Federico aveva scelto me.

«Ecco», mi ha detto porgendomi delicatamente la tazza che, se avesse saputo la verità, mi avrebbe scaraventato addosso solo se il contenuto fosse stato bollente.

«Ci sono novità?»

«Non saprei, i medici sono più ottimisti di me. Io lo guardo e riesco soltanto a pensare a cos'era e...»

Si è fermata perché aveva bisogno di prendere aria e di bloccare una lacrima.

«Lo vedo lì in quel letto, immobile e non posso fare altro che sperare. Sarei disposta a dare la mia vita per la sua, non so se capisce cosa intendo. Ecco, se Dio me lo concedesse...» ha continuato.

Sì, lo so cosa vuol dire, solo non credevo che lo sapesse anche lei.

Ho portato la tazza alla bocca, perché l'ottimismo di cui aveva parlato mi aveva sollevata un po'. Avevo voglia di vederlo, di toccargli la mano, di sentire il suo odore.

«Le posso chiedere una cosa?»

«Certo, mi dica», ho risposto a disagio.

«Naturalmente mi può dire di no, non mi offendo, perché capisco che sia una richiesta strana e lei ora ha già i suoi problemi da affrontare.»

La curiosità è una pessima variabile.

«Mi dica.»

«Vorrei vedere il posto in cui si è sentito male. Mi hanno detto che era in spiaggia.»

L'ho fissata pensando che da lì a poco avrebbe svelato qualcosa di più.

«Mi ci porterebbe?»

Cosa avrei potuto dire?

«Sì, certo», ho risposto.

«Domani?»

«Va bene. Mio marito dovrà essere rioperato per mettere a posto la spalla. È abbastanza inutile aspettarlo qui.»

«Grazie. Lei è una bella persona.»

Non è vero. Io sono una stronza come tante. Ma se posso fare qualcosa per non sembrarlo, lo farò.

«Ora vado a fumare una sigaretta e a fare due passi, poi torno da lui. A domani.»

«Grazie per il tè.»

Ho aspettato che uscisse dalla caffetteria e che il rumore delle porte scorrevoli dell'ingresso mi raggiungesse e sono corsa verso le scale. Primo piano, secondo piano e poi ancora uno. Sono strisciata lungo il corridoio sperando che non mi vedesse nessuno fino alla sua porta.

Ho appoggiato le mani sulla sua. Ho chiuso gli occhi e ho sperato che il mio calore lo scaldasse.

«Amore mio», ho sussurrato, perché certe parole non hanno bisogno di essere gridate, e ho sfiorato le sue labbra con le mie.

«Non può stare qui!»

Mi sono alzata di scatto pensando che fosse la fine. Un'infermiera era appena entrata.

«Mi scusi», ho mormorato avvicinandomi alla porta.

«Sua moglie arriverà tra poco», ha aggiunto come se fosse necessario, con il tono di chi è stufo di vedere schifezze in giro.

«Mi scusi», ho ripetuto.

L'infermiera mi ha lasciata passare senza smettere di fissarmi. Sono scesa di un piano e mi sono diretta verso la stanza di Emanuele.

«Giulia!»

Qualcuno mi ha chiamata. Mi sono girata e la moglie di Federico era in cima alle scale. Per un attimo ho pensato a come trovare una scusa. Potevo dirle che avevo sbagliato piano, che l'infermiera aveva frainteso o che ero alla ricerca di materiale per scrivere un pezzo sul mio blog che non esisteva.

«Ha dimenticato questa!» ha detto, allungandomi la borsa che mi aveva portato mia sorella.

«Dove ho la testa... Sono salita di corsa per venire da Emanuele e l'ho dimenticata. Grazie.»

Lei ha sorriso comprensiva e ha conquistato il suo piano. Ho ripreso fiato.

Emanuele dormiva ancora. Il medico di turno mi ha convocata per riferirmi quanto gli era stato detto dal primario che lo aveva operato.

Con ogni probabilità avrebbe dormito fino al mattino dopo per effetto dell'anestesia e degli antidolorifici.

L'operazione era andata bene. Il danno era meno grave del previsto, ma non era il caso di trascurarlo. I punti lo avrebbero fatto dannare per un po'. L'ortopedico lo avrebbe visitato la mattina seguente e avrebbe deciso cosa fare, anche se un altro intervento era inevitabile per sistemargli la spalla.

Ho ascoltato tutto e, prima di allontanarmi, ho detto: «Oggi pomeriggio ho soccorso un uomo». Poi ho preso fiato, perché quello che stavo per dire non tradisse il mio coinvolgimento, e ho continuato: «Emorragia cerebrale, mi hanno detto i medici che sono intervenuti. Può darmi sue notizie?»

Il medico e l'infermiera mi hanno guardata chiedendosi chi potesse avere tanta fortuna da finire in ospedale per ben due volte nello stesso giorno senza essersi nemmeno fatta un graffio, ma hanno cercato di tenere a bada la loro curiosità.

«Purtroppo non ne so nulla. Dovrebbe chiedere in neurologia o meglio ancora ai famigliari...»

Mi sono allontanata sconfitta.

In stanza mi sono seduta sulla poltrona vicino al letto di Emanuele. Lui si muoveva appena e mormorava qualcosa come se stesse sognando, poi mi ha chiamata: «Giulia».

Mi sono alzata.

«Sono qui», ho risposto, e per un attimo ho pensato alla delicatezza di fare il mio nome prima di qualsiasi altro. Chissà, forse è esattamente questo il vero significato del matrimonio. Evitare gli imbarazzi.

Ho accarezzato la sua mano e ho guardato il soffitto.

Mi dispiace, Emanuele, ma io vorrei essere al piano di sopra.

Poi mi sono seduta e ho aspettato che tutte le luci si spegnessero. Ora potevo pensare a lui, al nostro amore e a quello che sarebbe accaduto se lui non si fosse sentito male. Mi sono concessa un pianto. Silenzioso e discreto. Un pianto da donna sposata.

La mattina dopo mi sono svegliata all'alba. La luce filtrava tra le tapparelle. Emanuele si stava muovendo. Io avevo girato per i corridoi fino a tardi. Ero salita al terzo piano come se fossi un fantasma e mi ero avvicinata alla sua porta. L'avevo visto. Respirava. Poi ero tornata al piano di sotto e avevo cercato di dormire un po'.

«Giulia...»

«Come ti senti?»

«Cos'è successo?»

«Hai avuto un incidente e hai avuto la peggio...»

«Quando?»

«Ieri.»

Un attimo di silenzio, come se la sua mente stesse

mettendo in ordine i pezzi, come se si ricordasse qualcosa di importante.

«Sei arrabbiata?» mi ha chiesto.

«Perché hai sfasciato l'auto? Non ti preoccupare, le cose si ricomprano.»

I sentimenti no.

«Giulia.»

«Dimmi?»

«Io non ero solo...»

Mi stavo chiedendo quanto tempo ci avrebbe messo.

«Stai tranquillo. Sta bene. Non si è fatta nulla. Ora riposa.»

Emanuele mi ha guardata. Ha sorriso e si è lasciato avvolgere dal suo buio.

Sono salita subito. Avevo una scusa solida e seria. Ho incontrato sua moglie in corridoio. «Buongiorno Giulia.»

«Stavo venendo a vedere come andava...»

«Ha passato la notte, ma per ora nessun segno incoraggiante...»

«Andiamo a prendere un caffè?» mi ha chiesto, e mi sono lasciata trascinare via nonostante desiderassi andare nella direzione opposta. Volevo dargli il mio buongiorno. Vederlo con i miei occhi.

Così, in piedi davanti a un espresso del tutto mediocre e servito in un mini bicchiere di carta, ci siamo messe d'accordo per l'escursione in spiaggia. Ero agitata. Non sapevo cosa cercasse quella donna. Forse non avrei dovuto fidarmi di lei con tanta leggerezza, in fondo amavamo lo stesso uomo.

Il mio telefono ha squillato. Non conoscevo il numero. Ho immaginato che fosse qualche scocciatura di lavoro.

«Pronto?»

«Giulia?»

«Sì?»

«Sono Silvia. Ero in auto con suo marito ieri. Posso parlarle?»

«Oh mio Dio! Le sembra il momento? Ma come ha avuto il mio numero?»

«Ho chiamato la sua agenzia.»

«Mi lasci in pace!»

«La prego, mi lasci spiegare...»

«Le assicuro che non abbiamo nulla da dirci. Non sono completamente scema.»

Ho riattaccato con rabbia, anche se forse non ne avevo il diritto.

Poche ore dopo, mio marito è stato riportato in sala operatoria.

«Quanto tempo ci vorrà?» ho chiesto all'infermiera che era venuta a prenderlo per prepararlo all'intervento.

«Tra una cosa e l'altra, direi che non glielo riportiamo prima di un paio d'ore. Vada a fare due passi.»

Così, appena Emanuele è stato portato via, io e Flavia ci siamo ritrovate sedute una accanto all'altra nella mia auto.

«Federico non ha mai voluto che io imparassi a guidare, ma oggi capisco che non avrei dovuto dargli retta.»

L'immagine del mio amante così libero e intelligente stonava con quella frase.

«Davvero? Credevo che uomini così si fossero estinti», ho risposto solo per provocarla.

«Non è che me lo impedisse, ma ogni volta che avevo bisogno di spostarmi si offriva di accompagnarmi o, se non poteva, mi faceva trovare un taxi sotto casa pronto a portarmi dove volevo.»

«Ah però!» ho esclamato, gelosa per il suono stonato della parola *accompagnarmi*.

«È un uomo meraviglioso e un padre incredibile», ha detto lei, come se volesse riempire uno spazio vuoto tra noi.

Mi sono chiesta se lo facesse per proteggerla o per tenerla sotto controllo. Puoi permetterti un amante solo se sai dove tuo marito o tua moglie si trovano esattamente. Come facevo io, come faceva Federico.

Possiamo chiamarla intelligenza, attitudine a provare emozioni o capacità di discernimento. Ma questa capacità di stare al mondo, sentirsi vivi e amare ha per tutti origine dall'organo più importante del nostro corpo, il primo a formarsi e soprattutto la sede principale di tutte le nostre emozioni. Il cervello? No, il cuore.

SIAMO scese vicino alla spiaggia. Non c'era una bava d'aria.

«Adoro questo luogo», ho esclamato per rendere la mia presenza lì, il giorno prima, del tutto credibile.

Abbiamo camminato lungo il marciapiede e ci siamo tolte le scarpe poco prima di toccare la sabbia. C'erano poche persone. Un cane che abbaiava alle onde, una ragazza che faceva jogging e un anziano con il giornale in mano.

Flavia mi seguiva attenta. La sentivo tesa. Controllava che il telefono fosse acceso e avesse campo. Io, al contrario, accanto a lei mi sentivo più tranquilla. Se fosse accaduto qualcosa a Federico, lo avrei saputo subito.

«Eravamo qui», ho mentito. Avrei dovuto camminare ancora un po' per arrivare al punto esatto, ma era troppo vicino al nostro appartamento e non volevo correre rischi.

«Qui?» ha chiesto lei guardando per terra. «Sei sicura?»

Ho sospirato e ho cercato di sembrare convinta. «Come fai a ricordartelo? Hai qualche riferimento?»

«Sì, ricordo che avevo appena buttato una bottiglia di plastica in quel bidone e, quando mi sono girata, lui era per terra.»

Salva.

Flavia si è seduta nel punto esatto che le avevo indicato e ha iniziato a giocare con la sabbia, poi ha girato la testa intorno come se cercasse qualcosa.

«Federico aveva un'amante», ha detto mentre io mi trasformavo in un pezzo di ghiaccio. Avrei potuto rispondere che l'aveva anche Emanuele, ma la verità era che io non mi sentivo la vittima, bensì la colpevole. Non risposi.

«È per questo che ti ho chiesto di accompagnarmi. Lui non sarebbe mai venuto qui di pomeriggio da solo. Probabilmente la stava aspettando o l'aveva appena lasciata...»

Ero ancora in piedi e impietrita.

«Si chiama Irene!» ha continuato e, se mi avesse guardata in faccia, avrebbe visto la mia fronte aggrottarsi in un'espressione incredula e infastidita, come se mi avesse rivelato un'altra verità. Chi era Irene? Non avevo mai sentito il nome Irene. Non poteva avere un'altra donna, lui era innamorato di me, anche se per un attimo sono stata invasa da un'orrenda sensazione di fastidio. La stessa che provi quando qualcuno ti racconta qualcosa che appartiene alla tua sfera più intima e tu scopri di non saperne nulla. Mi aveva colta di sorpresa e non mi piaceva. Ovviamente. Per quanto io mi dovessi sentire in colpa, ero pur sempre una donna innamorata. Una ferita aperta facile da infettare.

Mi sono seduta accanto a lei con delicatezza e ho continuato a recitare la mia parte. Quella in cui ero davvero brava. Non potevo andarmene da lì senza aver scoperto di cosa stesse parlando quella donna.

«Sei sicura?» ho chiesto.

«Sì», ha detto guardandomi di sfuggita. «Una donna lo sa quando l'uomo che ama si allontana. Facciamo finta di non vedere solo perché abbiamo paura. Paura di perderlo...»

Eravamo più simili di quanto pensassi. Entrambe sapevamo, entrambe avremmo resistito, ognuna a modo proprio. Lei cercando di comprendere la sua vita, io provando a viverne un'altra.

«Come hai fatto a scoprirlo?» ho azzardato.

«Me l'ha confessato.»

Mi sono irrigidita e ho temuto che proseguisse, che mi raccontasse di un'altra donna, una che non ero io. Una con cui avrei dovuto iniziare una nuova battaglia.

«Qualche sera fa eravamo in campagna. Abbiamo cenato a casa da soli. I ragazzi erano a fare una grigliata con gli amici del paese. Io ho cucinato dei flan di verdure e un risotto. Federico è vegetariano.»

Lo so, non facevo altro che preparargli grandi insalate.

«Dopo cena, mentre guardavamo un film, l'ho sentito piangere. Ho cercato la sua mano. Pensavo che non avrebbe mai avuto il coraggio di dirmi la verità e che avrei ascoltato l'ennesima bugia. Non sono riuscita a chiedergli nulla. Ho resistito. Sapeva dove trovarmi e come avrei reagito. Aveva tutti gli elementi, poteva scegliere. Non gli avrei complicato la vita, non avrei usato i ragazzi per trattenerlo, non mi sarei messa a urlare e, se lui non avesse trovato la forza, avrei fatto finta di nulla finché non si fosse sentito pronto.»

La fissavo mentre le sue parole piene di contegno venivano portate via dal vento. Sapevo perfettamente a quale serata si riferisse. Avevamo trascorso il pomeriggio nella nostra casa, lui era strano e pensieroso. Parlava di scelte, di famiglie e di cosa fosse giusto fare. Ma era stata una giornata tenera e piena di affetto tra noi. Avevo provato una fitta di rabbia per quella sua apparente indolenza, per quel suo essere così capace di non farsi trascinare via dalla marea come avevo fatto io. Poi mi ero calmata tra le sue braccia.

Ora ero gelosa e piena di voglia di farle sapere la verità e di capire se quella donna stesse bleffando e avesse un piano preciso, ma le sue parole mi hanno fermata.

«Tra le lacrime mi ha chiesto perdono», ha aggiunto. Mi sono voltata di scatto verso di lei.

«Perdono?» ho mormorato ritrovando il mio nervosismo.

«Sì, dopo tutti questi anni di matrimonio ha fatto

l'unica cosa che avrebbe potuto salvarci dal naufragio. Ha confessato, si è pentito e ha chiesto di non essere abbandonato!»

È stato come ricevere tre frustate nella schiena. Una più forte dell'altra.

La mia testa stava cercando di trovare qualcosa da dire. Come avresti reagito se non fossi stata così coinvolta? Con una frase di circostanza, una di educazione, oppure sarebbe stato più gradito un rispettoso silenzio?

Due anni prima

MIA sorella non era cattiva. Era solo nata carina e troppo tardi, e questo la rendeva odiosa. Avevo compiuto dodici anni già da qualche mese quando mia madre mi aveva detto che finalmente avrei avuto una sorellina.

«Finalmente?» avevo chiesto.

«Certo, l'hai sempre voluta, no?»

«Per giocarci, non per farle da baby sitter...»

Era chiaro che l'idea di una neonata in casa non mi entusiasmava più.

«Pensavo che a una certa età non si potessero più fare i bambini», avevo aggiunto solo per pungerla sul vivo, cosa che oggi, che quell'età l'avevo raggiunta, non mi sarei più sognata di ripetere, ovviamente. Mamma era una donna molto attraente e molto attenta al suo aspetto. Per questo ho sempre pensato che Ilaria fosse venuta al mondo più per gemmazione che per parto naturale.

«Ma cosa dici? Non sono così vecchia», mi aveva risposto inacidita e, come se mi avesse voluto rendere la battutaccia, aveva aggiunto: «Se sei fortunata, nascerà proprio per il tuo compleanno. Sarà un bellissimo regalo!»

Mia sorella nacque proprio tre giorni prima di me. Compresi presto che festeggiare i compleanni con tua sorella di tredici anni più giovane non è la cosa peggiore che ti possa accadere. Le cose davvero brutte sono quelle che non ti saresti mai sognata di vivere, e di solito non basta soffiare le candeline perché svaniscano.

Quel giorno avevo ricevuto una telefonata da mia madre. Era disperata perché, come nelle migliori favole, il cuore di mia sorella era stato spezzato in due.

Ilaria, che aveva dichiarato di aver incontrato l'uomo dei suoi sogni e sperava di poterlo presentare presto a tutta la famiglia, ora piangeva calde lacrime sul cuscino del divano. Il prezioso eroe aveva preso il volo senza troppe spiegazioni, e colui che possedeva non solo un paio di occhi blu da sballo ma anche una Porsche da urlo si era trasformato in un traditore senza scrupoli. Peccato che a essere arrivata seconda fosse stata proprio lei, la mia candida sorella.

Il lui in questione faceva l'avvocato e questo era sensazionale perché, guarda caso, Ilaria studiava proprio Giurisprudenza e presto avrebbe avuto bisogno di fare il praticantato e trovarsi un lavoro. Ammetto che in quel periodo la stima nei suoi confronti aveva raggiunto la tacca del passabile. In fondo, in mezzo a un branco di donne con grandi qualità che buttano tutto in nome del primo spiantato che passa, la sua capacità di far passare un mero calcolo per l'amore del secolo non mi sembrava tanto male.

Qualcosa però era andato storto. Ilaria aveva scoperto che «occhi blu modello Carrera sport» aveva già una famiglia e che la sua insistenza per portarla spesso all'estero non era dettata solo dal desiderio di adeguarsi alla meravigliosa donna che aveva davanti, bensì anche dall'esigenza che persone quali i suoceri, i cugini, gli amici di famiglia, e soprattutto la moglie, non lo beccassero. Certo, la favola era durata più di un anno, il tempo giusto per raccontarlo a tutti e desiderare di sprofondare nella melma per il resto dei tuoi giorni.

Ilaria era distrutta. Come poteva averla ingannata così? Lei non era una sciocca qualunque, era una studentessa universitaria che sapeva rinunciare ad andare a correre per una settimana intera in vista degli esami difficili. Era una con le idee chiare, ma che sapeva anche essere adorabile. Insomma, cosa poteva desiderare di più?

Quando entrai a casa, dopo la chiamata di mamma, la trovai in un angolo del divano circondata da fazzoletti di carta usati e tazze di tè mezze vuote. Mamma mi disse che era lì da due giorni e che non aveva più toccato cibo.

«Devi aiutarla tu», mi ordinò, come se improvvisamente si fosse ricordata della mia esistenza e di quanto potessi tornarle utile.

«Cosa vuoi che faccia?»

Il fatto che fossero ricorse a me significava che la faccenda era diventata seria.

«Non lo so... consolala...»

«Tu cosa le hai detto?»

«Che ne trova quanti ne vuole di uomini così!»

«Intendi con la Porsche o con la moglie?»

«Giulia, sii seria! È evidente che tua sorella soffre del confronto con quell'altra e del fatto che lui non l'abbia lasciata per lei.»

«Ma se neanche gliel'aveva detto che aveva una moglie! Non mi sembra un modo rassicurante di iniziare una relazione. Secondo me, lui non ha mai voluto fare sul serio...»

«Questo non dirglielo. Meglio la teoria dell'uomo spaventato e che non riesce a lasciare la famiglia con due figli...»

«Due figli? Non ne aveva uno solo?»

«L'altro è in arrivo.»

«Pure la moglie incinta, che signore!» esclamai, anche se avrei voluto aggiungere «Beata lei», ma non lo dissi per evitare che mamma fosse obbligata a cambiare argomento, come faceva sempre quando veniva toccato il tema maternità.

«Senti, non voglio che tua sorella perda fiducia in se stessa. È ovvio che questa sconfitta l'ha ferita, ma io non posso tollerare che si metta in discussione come donna.»

Giuro che mi sarei alzata e l'avrei applaudita.

«Forse, se inizia a mettersi un po' in discussione, è la volta che certi tipi li tiene alla larga...»

«Ho pensato al piccolo Giò.»

* * *

Sentire quel nome mi riportò laggiù. Era una delle mie innumerevoli associazioni di idee, quelle da cui avevo imparato a difendermi. Esistevano una serie di parole, tra cui quel nome, che mi riconducevano a quel ricordo triste che mi aveva sconvolto la vita e di cui nessuno sapeva tranne la mia famiglia. Nemmeno mio marito, perché, secondo mamma, se l'avesse saputo non si sarebbe mai avvicinato a me. Né lui, né nessun altro.

«Scusa, cosa c'entra?» le chiesi cercando di rimanere aggrappata alla realtà e al presente.

Il piccolo Giò era stato la mia prima fonte di guadagno. Ero la sua baby sitter quando era un ragazzino. Dopo che ero tornata dall'Inghilterra, mia madre, con il preciso intento che questo mi distraesse, mi aveva trovato questa piccola occupazione. E forse fu una delle sue iniziative migliori. Devo ammetterlo. Claudio, il padre del piccolo Giò, era diventato primario in un ospedale di provincia e sua moglie Grazia aveva deciso di fargli da segretaria tutti i pomeriggi in studio. Gli stava addosso più per evitare che lui si invaghisse di un'altra che per senso del dovere. Era evidente. Così io andavo a prendere suo figlio a scuola e lo portavo a casa nostra per aiutarlo con i compiti fino a quando Grazia non veniva a recuperarlo. Nei pomeriggi in cui quella che doveva studiare ero io, lo lasciavo giocare con Ilaria, cosa di cui però non mi è mai sembrato particolarmente entusiasta. Che strano.

«Ho incontrato Grazia e mi ha detto che il figlio studia Medicina. Sarebbe perfetto per Ilaria, quindi li ho invitati a cena la settimana prossima e vorrei che ci fossi anche tu.»

«Io? Mamma, non possiamo risolvere un problema alla volta?»

Domanda decisamente stupida, conoscendo mia madre. «Non è meglio se ne risolviamo due insieme?»

Come avevi fatto vent'anni fa? Un anno a Londra e due grosse grane in meno in Italia. Deglutii qualcosa di amaro. Avrei dovuto odiarla con tutta me stessa, invece la detestavo solo a metà.

«Cosa ne dici, invitiamo anche il cardinale?» mi chiese mia madre.

«Vuoi invitare il cardinale a cena?»

«A casa, non al ristorante. Lì non sarebbe di buon gusto. Siamo amici, e la sua presenza sarebbe un gran bel biglietto da visita nei confronti della famiglia del piccolo Giò, non credi?» La fissai sperando che scoppiasse a ridere, che mi dicesse che stava scherzando. Non lo fece. Girò gli occhi verso la porta come se cercasse di farsi venire in mente qualcosa di importante e la nostra conversazione non avesse nulla di straordinario.

«Non credo che sia una buona idea», azzardai.

«Perché?»

«Pensa se la conversazione dovesse incagliarsi in qualche questione di bioetica, di eutanasia o procreazione assistita. Avresti a cena un noto primario con un uomo di fede. In un attimo tutto si potrebbe distruggere. Io

42

aspetterei, se fossi in te, mamma, ma il mio è solo un consiglio. Tu sai sempre cosa fare.»

Il suo sguardo si appoggiò sul mio, e per un attimo la sua espressione disse qualcosa che non sentivo da molto tempo.

«Sono fiera di te.»

Mia madre sarebbe stata una manager strepitosa. Priva di scrupoli e concentrata sull'obiettivo.

Sei la numero uno, mamma, peccato che io assomigli più a papà, o almeno così mi piace credere.

QUEL giorno fu davvero pieno di sorprese negative e non solo per Ilaria. Come se fossimo legate da uno strano destino, qualcosa capitò anche a me. Scoprii che Emanuele, mio marito, mi tradiva. Come spesso capita, soprattutto quando non nutri il minimo sospetto, la rivelazione avvenne per caso.

Eravamo sposati già da quattordici anni. Un matrimonio come tanti. Felice, anche se mia madre lo sbandierava ai quattro venti come l'unione perfetta.

Ci eravamo conosciuti tre anni dopo il mio rientro da Londra. Io avevo quasi vent'anni e lui stava finendo l'ultimo anno di università. Ero andata alla festa di compleanno di Marzia, una mia compagna di classe, festa alla quale partecipavano anche il fratello maggiore Emanuele e alcuni suoi amici. Era stato lui ad aprirmi la porta di casa e il mio cuore aveva iniziato a battere con una strana forza. Ero diventata di colpo tutta rossa.

«Ciao», aveva detto.

«Sono stata invitata da Marzia», avevo esclamato in fretta.

«Davvero? Che strano! Dev'essere il suo compleanno», mi aveva risposto con un sorriso fantastico.

Quel pomeriggio avevo deciso che tutto il mio dolore doveva trovare un suo posto preciso e smetterla di starmi dappertutto, che potevo voltare pagina come aveva già stabilito mia madre da diverso tempo e che il mio futuro mi avrebbe salvata.

Qualche sera dopo, Emanuele mi aveva invitata a uscire. Fu un momento bellissimo. Avevamo girato per la città insieme. Finalmente io ero solo io, la ragazza che sembrava normale con il grande dolore nascosto bene.

Non esiste un tempo giusto per diventare grandi. Ne esiste uno perfetto per crescere.

Dopo aver provato a consolare invano mia sorella, uscii da casa dei miei promettendo a mia mamma che quel venerdì sarei stata a cena a casa per rendere l'incontro tra Ilaria e il piccolo Giò più naturale.

«Ti sei occupata di lui per quanti anni? Dieci? Quindici? È assolutamente normale che io li inviti a cena per sapere come vanno le cose.»

«Solo cinque anni, mamma, ed è successo vent'anni fa, nessuno potrà sospettare nulla.»

In auto, poco dopo, stavo ripensando a come spesso l'astuzia di mia madre potesse essere scambiata per ingenuità. Era come se abitasse ancora in un altro secolo, quello dei calessi, della corrispondenza via nave e delle sfide a duello. Se non fossi stata sicura di dove sarebbe potuta arrivare pur di far apparire le cose come voleva lei, avrebbe avuto un certo fascino.

Pensai all'idea di invitare il cardinale della città a cena, privilegio che si potevano permettere in pochi e che sicuramente le era costato un discreto numero di assegni in beneficenza. Mi chiesi se mamma potesse essere definita una cattolica doc. Andava a messa ogni settimana, ci aveva fatte studiare in istituti privati religiosi, partecipava a tutte le feste che organizzavano e amava i quadri che ritraevano la Natività. Pensai a mio figlio, e una fitta lunga e tagliente mi schiacciò la pancia. Perché mia madre non mi aveva obbligata ad abortire? Ero così giovane e spaventata che avrebbe potuto indurmi a fare qualsiasi cosa. Mi chiesi se questo avrebbe reso le cose più facili per me ora.

Inchiodai di colpo, perché quello che stava passeggiando sul marciapiede era mio marito. Stavo per suonare il clacson quando lo vidi alzare un braccio e sventolarlo con entusiasmo. Il mio sguardo si spostò poco più avanti: quella che incrociò non assomigliava a nessuno di conosciuto. Troppo bionda per essere il suo capo, troppo magra per essere una delle sue collaboratrici.

Emanuele era da poco stato promosso a direttore vendite della filiale italiana di una multinazionale. Passava metà della settimana a casa e l'altra metà in giro per l'Italia. Era felice e soddisfatto, anche se per un attimo ho dovuto immaginare che quella intensa serenità che stava vivendo non fosse solo merito del suo lavoro. Rimasi immobile finché non li vidi baciarsi sulla guancia e ridacchiare. Lei faceva dei gesti strani, confidenziali, come se lui fosse in ritardo e lo stesse aspettando da parecchio. Non poteva nemmeno essere una cliente.

Le automobili dietro la mia iniziarono a suonare.

Tirai il freno a mano e scesi, perché la voglia di scoprire la verità era più forte di me. Girai intorno alla mia auto per raggiungerli, facendomi largo tra un mare di insulti, ma quando arrivai sull'angolo del marciapiede, dove li avevo visti, loro erano già spariti.

Mi guardai intorno, ma l'unica cosa che vedevo era la lunga coda che si stava formando dietro la mia macchina e, come se fossi tornata in me, risalii di corsa per toglierla di lì.

Guidai fino a casa come un automa, dimenticando completamente un paio di commissioni abbastanza urgenti che mi avevano portato a percorrere un'altra strada, diversa dal solito.

Emanuele aveva una relazione? Emanuele, il mio pacato e ragionevole marito, aveva sedotto una giovane donna? Mi sembrava strano, ma poi il pensiero volò ad alcune storie assurde che mi avevano raccontato e l'unica morale possibile era che tutto poteva accadere e i cornuti sono sempre gli ultimi a sapere.

Era comunque troppo presto per tirare conclusioni. In fondo, non avevo visto nulla che non fosse spiegabile in mille altri modi. L'unica cosa veramente sospetta era l'aspetto troppo gradevole di quella ragazza.

A casa aprii una bottiglia di vino e mi sedetti sul divano con il bicchiere in mano. Avevo bisogno di ragionare.

Non ero pronta ad affrontare una cosa del genere. Pensai a mia madre e alla sua reazione da folle. I panni sporchi si lavano in casa, l'importante è mantenere un contegno dignitoso e sorridere sempre. Se non dai adito a pensieri equivoci, nessuno lo farà al posto tuo. D'altra parte, io avevo il diritto di sapere la verità, poi avrei deciso cosa farne. Emanuele era stato il primo e l'unico uomo che avesse mostrato un vero interesse per me. Per questo motivo mia madre, che i treni buoni li sapeva riconoscere dalle vibrazioni delle rotaie, mi ci aveva spinta sopra e, dopo averlo fatto ubriacare dei migliori vini della sua riserva, averlo fatto dormire in un'altra stanza quando lo invitava in campagna e averlo compromesso davanti a tutti i parenti, gli aveva suggerito di chiedermi di sposarlo, perché vivere in un bell'appartamento in pieno centro era un'occasione d'oro.

La verità era che Emanuele mi faceva ridere. Era simpatico, tagliente e di un'intelligenza che mi lasciava senza fiato.

Una sera, durante il nostro fidanzamento, mi aveva

detto: «Senti, visto che tua madre ci tiene tanto, perché non ci sposiamo?»

«Perché lo vuole mia madre? Mai», avevo risposto offesa. Cercavo di sembrare sicura di me e non una ragazzina impaurita per quello che le era capitato in Inghilterra.

«No, dai! Ripensaci, altrimenti le dovrò restituire i dieci milioni di lire che mi ha accreditato sul conto...»

«Cosa? Oh mio Dio, quella donna è terribile. Davvero l'ha fatto?»

«No, scherzavo.»

«Ah, meno male.»

«Allora, mi vuoi sposare?» mi aveva chiesto diventando improvvisamente serio.

«Sì», avevo balbettato, perché mi sembrava bellissimo.

«Cameriere, champagne, che qui c'è da festeggiare.»

Ero elettrizzata e poco cosciente di quello che stavo facendo, ma andava bene così. Sposarsi a ventitré anni senza nemmeno aver terminato gli studi era una cosa che poteva approvare solo mia madre se il promesso sposo era un ottimo partito, almeno sulla carta.

Poco dopo, mentre camminavamo romanticamente verso casa, gli avevo detto: «Per un attimo ci avevo creduto, alla storia dei dieci milioni, sai?»

«Lo so! Ma stai tranquilla, li ho rifiutati, così lei ha rilanciato con l'appartamento in centro. Mi sembrava un'offerta degna. No?»

«Cosa?»

Lui era scoppiato a ridere e aveva preso a punzecchiarmi i fianchi.

«Te l'avrei chiesto anche se mi avesse regalato le matriosche che avete in salotto! Ma ti giuro che certe espressioni tue e di tua madre non hanno prezzo!» aveva aggiunto.

Emanuele era così. L'unico che potesse prendere in giro la mamma quando ci invitava a cena. Appena intuito che aveva cucinato per ore, lui le diceva che il suo arrosto faceva schifo.

«Però l'hai finito!» lo provocava lei.

«Solo per educazione.»

Mamma lo guardava spazientita, così lui si preparava a sferzare il meglio.

«Sei ingrassata?» le chiedeva, e non so dove trovasse il coraggio.

«Dici? No, non so... forse un po'», farfugliava lei imbarazzata.

Vedere mia madre lievemente in difficoltà mi procurava uno strano piacere.

«Sì, certo, ma la prossima volta datti una pettinata prima di farti vedere...»

Mamma sgranava gli occhi, perché sapeva di essere appena uscita dal parrucchiere. Così scoppiava a ridere e gli serviva il dolce. Emanuele, a suo modo, la lusingava. Se un tale comportamento se lo fosse permesso chiunque altro, sarebbe stata capace di tagliargli le gomme della macchina o riempirgli di lassativi il cibo. Emanuele la faceva impazzire e poi metteva su un vecchio disco, di quelli che non si ascoltavano più, e la faceva ballare in salotto.

Se mio marito aveva un'amante era solo colpa mia e dovevo rimediare. Questo era quello che mi avrebbe detto mia madre. Quindi il primo passo del mio maldestro piano fu non dire nulla. A nessuno.

Quella sera lo osservai con attenzione e così feci per le sere successive. Non c'era nulla di insolito in lui, ma Emanuele era un uomo intelligente e capace, non sarebbe caduto in nessun tranello, ma soprattutto non si sarebbe mai compromesso per la prima che gli capitava e questa era la cosa che più mi spaventava.

«Cos'hai fatto oggi?»

«Ho lavorato tutto il giorno. Ho visto tre clienti con un collaboratore. Stasera devo scrivere le valutazioni del gruppo.»

«Hai pranzato?»

Lui mi guardò negli occhi.

«Certo che ho pranzato, altrimenti ora ti avrei già sbranata. Perché me lo chiedi?»

«Così, perché oggi sono passata dal centro e per un attimo sono stata tentata di chiamarti per mangiare una cosa insieme...»

«E perché non l'hai fatto?»

«Perché avevo paura di disturbarti.»

«Tu non disturbi mai», rispose, lasciandomi lì a nuotare nei miei dubbi.

Mi restava solo una cosa da fare. Seguirlo.

Così feci. Ero la titolare di una piccola agenzia di comunicazione, potevo sistemare appuntamenti e riunioni a mio piacimento. Certo, l'ora di pranzo era da sempre uno dei momenti più ambiti per fare business, ma per quella settimana alle colazioni di lavoro andò la mia socia.

Emanuele pranzò con la bionda un'altra volta. Sempre nello stesso quartiere. Li vidi salire nell'auto di lui e andare via. Non riuscii a seguirli e rimasi lì, avvolta dalla delusione.

Iniziai a riflettere sul mio matrimonio. Io e mio marito andavamo d'accordo perché ci vedevamo poco o perché c'era ancora qualcosa tra noi? Pensai a tutte le opzioni possibili che potessero spiegare chi fosse quella donna, ma l'unica domanda che sembrava spiegare tutto era: perché non ne avevo mai sentito parlare? Se non avesse avuto nulla da nascondere...

Non era abbastanza e lo sapevo. Non potevo né accusarlo, cosa che avrebbe avuto conseguenze che non ero abbastanza pronta e forte da sopportare, né starci troppo male. La verità era che, da quando li avevo visti, non pensavo ad altro. Vedevo il volto di quella donna in ogni oggetto che avevo in casa, in auto e in ufficio, anche se in realtà non avrei mai potuto riconoscerla se l'avessi incontrata senza Emanuele.

Una mattina, mio marito doveva prendere un aereo come faceva tutte le settimane. Io uscii prima di lui e durante il tragitto verso il lavoro feci qualcosa che non era in programma. Parcheggiai la mia auto a qualche isolato e tornai indietro a piedi. Mi fermai a comprare una bottiglia di succo di frutta che mi facesse compagnia, poi mi andai a sedere nei giardini sotto casa. Emanuele avrebbe lasciato la sua macchina in garage e preso un taxi. Avevo però uno strano presentimento. Aspettai non più di dieci minuti. Emanuele scese e si fermò un attimo sul marciapiede. Prese il telefono e lo portò all'orecchio. Poco dopo, un'auto accostò di fianco a lui e lo caricò. Non era un taxi, ma una bionda. La stessa.

La bottiglia di vetro mi cadde dalle mani e si frantumò in mille pezzi: in ognuno portava riflesso il mio viso. Una grossa macchia arancione si formò davanti ai miei piedi. Fu incivile e doloroso.

In un tempo finito possono capitare un numero infinito di eventi. Quindi, che una cosa impossibile accada, non solo è molto probabile, ma è sicuro.

LA fatidica sera arrivò. Mia madre era la titolare di tre ristoranti ereditati da mio nonno, noto cuoco della città e suo unico vero riferimento maschile, ma nonostante questo amava invitare le persone a cena a casa. Lo faceva per sottolineare quanto per lei la loro presenza fosse importante e per dimostrare che suo padre non le aveva lasciato solo una fortuna ben avviata, ma anche l'eccellente capacità di saper utilizzare lo zenzero.

Quando entrai in casa dei miei genitori, un cumulo di voci stava attraversando il corridoio fino a me. Mi ero infilata la camicia bianca e i pantaloni neri attillati che mia madre mi aveva obbligata a indossare e avevo legato i capelli perché, secondo lei, «facevano subito elegante».

Non appena feci la mia apparizione in sala da pranzo, fui travolta da affettuosi abbracci. Grazia e Claudio, i genitori del piccolo Giò, sembravano davvero felici di vedermi.

Mia sorella era un vero schianto. Mamma era riuscita a farle mettere un abito nero con una profonda scollatura sulla schiena. Era bellissima e fuori luogo.

Mi avvicinai a lei. «Ehi, sei una favola!» esclamai. Lei mi guardò con l'aria stressata di chi ogni tanto vorrebbe ascoltare qualcosa di diverso. Poi si limitò a dire: «La mamma!» scrollando la testa.

Nostra madre era talmente agitata che sembrava avessimo invitato il presidente della Repubblica e non amici di vecchia data. La verità era una sola: mamma e Grazia non erano mai state amiche ma soltanto buone conoscenti e quell'incontro era decisamente una forzatura.

Sospirai e sorrisi cercando di non far trasparire il grosso vuoto che avevo nella pancia.

«Allora, Giulia, come stai?» mi chiese Grazia.

«Abbastanza bene, direi», e sperai che cambiasse l'oggetto delle sue attenzioni.

Ma non fu così.

«E cosa fai di bello? Di cosa ti occupi ora?»

«Di comunicazione.»

«Davvero? E hai un'attività in proprio?»

Sì, certo, peccato che non sappia più comunicare con mio marito.

«Ho una piccola agenzia con una socia», risposi cercando di sembrare cordiale.

«Hai sempre avuto grandi qualità. Si capiva che avresti fatto strada.»

Credo che Grazia e mamma fossero gemelle separate alla nascita. La capacità di ingigantire tutto non può non essere genetica.

Mia madre si intromise nella conversazione con una frase forzata.

«Abbiamo deciso di aprire questa piccola agenzia per organizzare gli incontri che coinvolgono i nostri ristoranti.»

«Certo, ora però ci stiamo dedicando anche ad altre cose interessanti. Abbiamo iniziato a collaborare con alcuni editori per la promozione dei loro scrittori», precisai.

«Invece Giovanni si sta per laureare in Medicina, vero?» disse mamma come se si fosse preparata una serie di domande. «Che bella soddisfazione che deve essere», continuò, lanciandomi un'occhiata poco rassicurante. Non ero lì per attirare l'attenzione su di me. Era chiaro fin dall'inizio. Non era cambiato nulla. Ero sempre uscita a pezzi dagli scontri con lei. Possedeva il dono della prima ma anche dell'ultima parola. Era fuori dal comune. Così decisi di sorridere e di mangiare in silenzio.

«È al terzo anno di specialità in oftalmologia. È dura, ma lui si impegna molto. Non è vero, tesoro?» asserì rivolgendosi al figlio, che sembrava essere appena arrivato tanto era silenzioso.

«Sapete, il mio piccolo Giò era così contento di rivedere la sua Giulia. Non dovrei dirlo, ma ormai è grande e si fa per ridere. Da piccolo aveva proprio una bella cotta per la sua baby sitter.» E così io e il piccolo Giò prendemmo fuoco, tuttavia mamma non si fece cogliere impreparata neanche in quell'occasione e con il massimo candore rispose: «È passato così tanto tempo. Sapete che la mia piccola Ilaria suona il pianoforte divinamente? Dopo ci fai ascoltare qualcosa, tesoro?» stringendole la mano sulla tavola.

Era ovvio, io dovevo esserci ma solo in modalità trasparente, esattamente come all'interno del mio matrimonio. Pensando che nessuno lo avrebbe notato, mi scusai e mi allontanai dalla stanza. Avevo bisogno di prendere aria e di sbattere la testa contro un muro. Si alzarono tutti. Mamma e Grazia si chiusero in cucina, papà e Claudio si misero a parlare dei lavori di ristrutturazione che papà voleva fare e Ilaria andò in camera sua a prendere gli spartiti, speranzosa che la sua arte fosse apprezzata.

Uscii sul terrazzo e mi nascosi nell'unico angolo cieco, dove mi rifugiavo sempre quando da piccola non volevo ascoltare nessuno, e dove mi sentivo me stessa.

Pochi secondi dopo, mentre cercavo di non scoppiare a piangere, la voce del piccolo Giò, che ormai era diventato un giovane uomo, mi fece voltare. «Si sta bene qua fuori.»

L'aria era perfetta, intorno a noi si vedevano le mille lucine della città che si stava per rilassare. «Mi dispiace per la battuta della cotta che ha fatto mia madre. Per lei è sempre come se io avessi nove anni. Non lo fa apposta, te lo assicuro, le viene naturale!»

«Non ti preoccupare. Se è per questo, la mia non la batte nessuno. Anzi, se ti posso dare un consiglio, scappa finché sei in tempo. Qui dentro nulla avviene mai per caso...»

Lo guardai avvicinarsi e appoggiare le mani alla ringhiera. Spiai il suo profilo. Era passato così tanto tempo e lui era diventato un uomo con tutto il futuro davanti, mentre io ero lì con un matrimonio di cui sapevo poco e la sensazione di aver sbagliato tutto. Non era esattamente quello che speravo, ma rendermene conto così mi fece molto male.

Sospirai e cercai un modo per iniziare una conversazione che colmasse il silenzio in cui navigavano i miei pensieri.

«Allora diventerai medico? Sono orgogliosa di te, in fondo ti ho aiutato spesso a fare i compiti e, visto come sono andate le cose, posso affermare che questa è stata una delle mie migliori azioni», dissi sperando di essere più spiritosa che patetica.

«Mia madre ha ragione. Io avevo una gran cotta per te.»

Sono poche le cose che sanno darti un piacere immediato.

«C'è anche una teoria psicologica che...» iniziò a dire.

«Shhh», lo zittii allungando un dito sulle sue labbra, sicura del mio potere di donna adulta.

Strinsi il metallo della ringhiera tra le dita e mi avvicinai a lui superando il limite che trasforma una conversazione in qualcosa di intimo.

«Già, succede spesso», lo rassicurai prima di baciarlo. Mi spinse via. Mi guardò negli occhi, sorrise e, come se fosse calamitato, mi baciò ancora. E poi ancora. Lì, nell'angolo del terrazzo, nascosti da tutto ed esposti al mondo intero, facemmo l'unica cosa che non avevo previsto, l'unica che desideravo.

«Giulia, dove sei? C'è il dolce!»

Un brivido di paura mi fece trasalire. Corsi lungo il terrazzo fino alla portafinestra che conduceva alla sontuosa camera dei miei genitori. Sarei passata da lì perché io, per loro, su quel balcone non ci ero mai stata. Da quanto tempo non ci entravo? Un'eternità. Mi guardai intorno. Sulle pareti, le foto in bianco e nero di mia madre immortalata nell'ultimo sprazzo della sua giovinezza. Bella, elegante e seria. Non rideva mai, mamma. Mi voltai verso il mobile a cassettoni. Nel primo la biancheria, nel secondo le lenzuola e il terzo chiuso a chiave. Era sempre stato così.

«Cosa c'è lì dentro?» le chiedevo le rare volte che mi concedeva di stare nella sua stanza.

«Documenti della casa e dei ristoranti. Nulla di importante», rispondeva sempre.

Lo guardai. La chiave era nella serratura. Mi stupii. Se l'era dimenticata o, da quando io non abitavo più lì, sapeva che nessuno avrebbe messo le mani nei suoi preziosi fogli? Non certo mia sorella, che aveva la fobia di tutto ciò che non comprendeva.

Mi avvicinai. Girai la chiave e aprii il cassetto. Tutto era impilato con ordine. Ogni busta riportava una scritta sopra: CASA. RISTORANTE UNO. RISTORANTE DUE. RISTORANTE TRE.

Il nome di mio nonno Giulio comparve sotto ai miei occhi come un intruso. Mi chiamavo così in suo onore. Era un uomo capace e irascibile. Uno di quegli uomini che accettava solo che le cose andassero come voleva lui.

Era la copia maschile di mia madre. Uno con le idee chiare. Pensai a quanto fosse diverso dall'uomo che mamma aveva sposato. Mio padre era mansueto e docile. Amava fumare sigari pregiati seduto in terrazza e disquisire di filosofia. Era educato sia in pubblico sia in privato e sapevo che lei lo aveva scelto proprio per questo. Insegnava Filosofia all'università e a volte sembrava che la sua vita fosse tutta lì, tra l'ateneo in cui si rifugiava e la chiesa vicino a casa in cui accompagnava mamma tutte le domeniche mattina, come piaceva a lei, come era giusto fare.

«Giulia!»

Mia sorella! Lasciai cadere la busta dedicata alle cose del nonno e chiusi il cassetto.

«Mi hai spaventata!» esclamai.

«Eri in terrazza con Giovanni?»

Avvertii il sangue invadere il mio volto. Il mio cuore iniziò a battere forte. La fissai e immaginai cosa sarebbe accaduto se fosse corsa da mia madre per raccontare cosa avevo fatto.

«Ilaria, ascolta...» mormorai avvicinandomi a lei con il preciso intento di fermarla se fosse scappata.

«Ti ha parlato di me?» mi chiese.

Il suo egocentrismo sciolse la mia tensione. Ero salva, anche se per un attimo la delusione di aver perso un'occasione d'oro per mettere in imbarazzo mia madre mi infastidì. Socchiusi gli occhi.

«Certo!» risposi. «Parla solo di te.»

«E cosa ti ha detto?»

«Che sei così bella da spaventarlo. Non si sente alla tua altezza...»

Ilaria sfoggiò un sorriso bellissimo e pieno. Io mi avvicinai e continuai sperando di aiutarla: «Dagli tempo. Lascia che sia lui a fare il primo passo».

«Mamma dice che siamo fatti l'uno per l'altra.»

«Se lo dice la mamma, allora è sicuramente vero. Lei non sbaglia mai.»

«Vero. Domani lo invito a uscire», affermò, come se dovesse eseguire degli ordini invece di lasciare che l'amore la colpisse.

«Brava. Ottima decisione. Ora torniamo di là», le dissi con un velo d'ironia che lei non avrebbe mai saputo cogliere.

Camminai lungo il corridoio avvertendo la presenza baldanzosa di mia sorella alle spalle. Mi fermai sulla porta della sala e presi fiato nella speranza di non sembrare troppo diversa dal solito.

Mamma era girata di spalle e Ilaria mi superò per andare a sistemare gli spartiti sul pianoforte. Spiai mia sorella e ripensai alla conversazione avuta con lei poco prima in camera dei miei genitori. Sorrisi. La immaginai in bagno davanti allo specchio a sistemarsi il mascara mentre io seducevo la sua speranza. Mi eccitai. Avevo appena trovato le prove di quello che pensavo. La vita fa schifo, non importa da quale parte stai, prima o poi ti fotte.

Si chiama errore, quella falsa rappresentazione della realtà, quel centimetro sbagliato nel nostro metro di misura, quella divergenza tra ciò che vogliamo e ciò che dichiariamo e di cui però sembra impossibile fare a meno.

FUGGII da casa dei miei poco dopo aver assaggiato il dolce, senza che mia madre opponesse alcuna resistenza. Ilaria era pronta ad ammaliare tutti con una sonata di Strauss e io non servivo più. Avevo passato l'ultima mezz'ora a evitare lo sguardo provocatorio e sornione del piccolo Giò, e a sentirmi terribilmente inadatta e stupida.

Come pretesto accusai un mal di testa e volai a casa in auto. Ero più nervosa che triste, più furente che avvilita. Avevo fatto una cosa sciocca e difficile da comprendere, ma non era per quello che stavo male. Come al solito, l'importante era che non si sapesse.

Faticai a prendere sonno e, quando suonò la sveglia, mi sembrò di aver dormito troppo poco. Guardai il cellulare: come tutte le mattine, c'era il messaggio del buongiorno di mio marito. Feci una smorfia e risposi. Era tutto sotto controllo. Nessuna sbavatura visibile.

* * *

La sera dopo conobbi Federico. Ero nel bel mezzo di una delle crisi. Il desiderio di ritrovare mio figlio era tornato prepotente. Un'onda violenta che ti solleva e poi ti annega. Avevo letto sul giornale della pubblicazione del romanzo di Federico. La storia di una madre e di una figlia che si erano ritrovate dopo molti anni quando la figlia, avendo scoperto di essere stata adottata da quella che credeva essere la sua famiglia naturale, si era messa alla ricerca di chi l'aveva messa al mondo. Memorizzai l'ora e il luogo della presentazione e ci andai.

Quell'uomo avrebbe potuto aiutarmi? Valeva la pena avvicinarmi a lui.

Quella mattina controllai gli impegni della giornata e andai in ufficio.

Sbrigai un po' di faccende, risposi a qualche mail e tornai a casa presto. Chiesi a Marina, la mia socia, di accompagnarmi alla presentazione del libro. Era un modo per fare nuove conoscenze visto che avevamo iniziato a muoverci nel settore editoriale e, benché l'evento fosse in mano a quella che un giorno sarebbe potuta diventare una nostra concorrente, per ora non rischiavamo di essere fuori luogo.

«La presentazione del libro di Federico?» mi chiese lei spiazzandomi.

«Sì, lo conosci?»

«Certo, eravamo a scuola insieme. Incredibile che

oggi faccia lo scrittore...» mi rispose con una strana
espressione.

Non ci badai troppo.

Arrivammo puntualissime, stringemmo un po' di
mani e io cercai di sorridere. Mi sedetti e ascoltai
con una certa delusione quello che doveva essere soprattutto un romanzo e non una soluzione. La legge
lo diceva chiaramente: solo il figlio può mettersi alla
ricerca della madre biologica. E se il mio non avesse
nemmeno saputo della mia esistenza? Mia madre aveva
ragione. La frustrazione di quel pensiero mi prese a
schiaffi. Mi alzai, mi allontanai da lì e, muovendomi
lentamente, conquistai la terrazza. Era una bella serata
per stare all'aperto. Mi appoggiai alla ringhiera e il
pensiero di quello che avevo fatto la sera prima mi
fece sorridere. La mia trasformazione non era più in
atto bensì compiuta.

«Tu sei Giulia?»

«Sì.»

Arrivò all'improvviso. Era alto e robusto. Me lo
ricordo come se avessi scattato una fotografia.

«Federico, piacere.»

Ci stringemmo la mano.

Sorrise. Un altro scatto.

Aveva gli occhi verdi e le ciglia lunghissime. «Ti
annoi?» mi chiese.

Io mi irrigidii.

«No... avevo bisogno di stare un po' sola con i miei pensieri...»

«Be', non potevo scegliere un momento migliore allora! Prometto di guardare l'orizzonte senza dire altro.»

«No, figurati, non volevo essere scortese. E poi, stare soli o con uno sconosciuto è praticamente uguale. Potrei dirti qualsiasi cosa senza temere un giudizio.»

«Ne sei certa?»

«Assolutamente.»

«Vediamo.»

«Ho scoperto che mio marito ha un'amante e per vendicarmi ho deciso di saltare addosso al fidanzatino di mia sorella che ha dodici anni meno di me.»

«Non male, ma faccio lo scrittore e, a essere sincero, ho sentito di meglio...»

«Quando avevo vent'anni ero la sua baby sitter!»

«Ora sì che ci siamo. Sei pronta a scalare la classifica e, se riesci anche a farci un figlio, sarà un bestseller.»

Mi misi a ridere, perché era stato bello far finta che fosse tutta un'invenzione.

Mi offrì una sigaretta e continuammo a sorseggiare del vino bianco e a inventare il nostro passato. Com'è facile superare la fantasia.

«Ti va di fare due passi?» mi chiese indicando il giardino che si estendeva ai nostri piedi.

Fu lì che mi accorsi di quanto potessero brillare i suoi occhi quando si faceva buio.

«Allora conosci la mia socia?» gli domandai.

«Eravamo al liceo insieme. È stata lei a dirmi come ti chiami.»

Feci finta di non cogliere l'allusione. Non avevo voglia né di essere corteggiata né di finire in un angolo buio a sbaciucchiare uno sconosciuto come una ragazzina in cerca di esperienze. Possibile che nessuno vedesse le mie cicatrici? Pulsavano ancora.

«Ti staranno cercando...» dissi per riempire il silenzio.

«No, ti prego. Lasciami ancora un po' di pace. Se amassi la ribalta non avrei mai assunto un'agenzia di comunicazione per curare i miei contatti. Avrei fatto tutto da solo.»

«Certo, ora ci manca solo che i miei concorrenti si infurino con me per averti monopolizzato e siamo a posto. Ho chiuso il cerchio della disperazione...»

«Allora non muoviamoci da qui e non diciamo nulla a nessuno.»

E in questo sto diventando piuttosto brava.

«Dove hai trovato ispirazione per la tua storia?»

«Non sei stata attenta?»

«Perché? Tu hai detto la verità? Intendo l'ispirazione vera.»

Lui mi guardò incuriosito, come se avessi svelato un enigma al primo tentativo.

«Ho incontrato una donna che me l'ha raccontata ma mi ha chiesto di rimanere anonima. Per questo devo sostenere davanti al pubblico che è tutto frutto della mia fantasia.»

67

«Capisco...» mormorai mentre cercavo un punto da fissare che non fosse lui.

Gli errori che commettiamo nel nostro mondo avranno le loro conseguenze in un mondo diverso.

«Ho detto qualcosa che non dovevo?» mi chiese all'improvviso dopo aver notato la mia espressione cambiare.

«No, nulla... sono solo un po' stanca. Ho dormito poco.»

«Per questo dopo una certa età sconsigliano le avventure con gli adolescenti, non è mica per il buon costume, sai? È per non girare con le ossa rotte e sentirsi ancora più vecchi.»

Avrei voluto sparargli in mezzo agli occhi.

«Non sono poi così vecchia», e in quel momento sembravo mia madre. Lui rise.

«No, non lo sei. Ma sei troppo affascinante perché io possa permettermi di restare qui. Non sarebbe una buona idea.»

E sparì. Come un'illusione.

UN'ALTRA notte difficile. Possibile che le sole parole di quello sconosciuto mi avessero frustata più del bacio dato al piccolo Giò? Possibile, soprattutto, che non riuscissi a non pensarci?

Emanuele sarebbe rientrato nel pomeriggio, ma l'idea di rivederlo non mi metteva più così a disagio. Era come se mi fossi calmata. Forse non del tutto, perché l'idea di non sapere da quanto tempo mio marito avesse una relazione, e soprattutto quante persone potessero esserne a conoscenza, mi faceva sentire stupida. Del resto, come li avevo incrociati io in pieno giorno e in pieno centro città, così poteva essere capitato a centinaia di persone che, chissà da quanto tempo, si limitavano a sorridermi pensando: *Oh, poverina.*

Non mi ero per nulla calmata, ma la verità era che la rabbia che provavo era strana, mitigata da quello che avevo fatto sul terrazzo di casa dei miei e dallo strano incontro che mi aveva colpita la sera dopo. Avevo messo la mia collera in frigo a raffreddarsi un po'.

Nei giorni successivi non accadde nulla. Osservavo Emanuele e lo vedevo traditore. Era come se i suoi soliti gesti e movimenti mi apparissero diversi. Il modo in cui guardava il cellulare, i luoghi in cui lo lasciava, la frequenza con cui squillava erano diventate tutte cose nuove per me, e per questo sospette.

Ma la verità era che io non ero pronta. Non sarei mai riuscita ad affrontarlo. Nonostante tutto, Emanuele era pur sempre l'uomo che mi aveva salvata. Era entrato nella nostra vita, quella mia e di mamma, e per fortuna le era piaciuto. Sapevo perfettamente che, se così non fosse stato, io non sarei mai riuscita a sposarlo. Mamma avrebbe fatto qualsiasi cosa in suo potere per allontanarmi da lui. Ne sarebbe stata capace. Me lo aveva già dimostrato vent'anni prima, e non aveva badato a spese. Non aveva fatto le cose con la fretta di chi ha paura e rischia di rovinare tutto. Le aveva messe in atto con calma, ponderando ogni scelta. Si era presa tempo, quello che le serviva, e aveva modificato la realtà così come piaceva a lei.

Emanuele mi aveva sfilata dal vischioso intreccio che mi teneva legata a lei, da quel suo modo di gestire i rapporti con gli altri, dalla regolarità con cui bisognava dosare la propria presenza in pubblico, fare beneficenza o dire le preghiere. E lo aveva fatto senza innescare quella che per molti sarebbe stata una battaglia persa. Mai una critica, mai un commento di disprezzo. «Tua madre è fatta così! È meglio averla come alleata che come nemica», mi ripeteva ridendo.

Prima che Ilaria nascesse, mamma era un continuo elogiarmi. Io, secondo lei, sarei diventata una donna elegante e raffinata; per questo era fondamentale che sapessi che era indispensabile non appoggiare le tazze sulla tavola senza il piattino, non usare la tovaglia per pulirmi le mani e non ascoltare musica a volume troppo alto. Poi era arrivata mia sorella, e la sua presa si era allentata un po'. Sembrava distratta, così si limitava a ripetermi: «La mia Giulia non mi deluderà mai. Vero, tesoro?» Io annuivo chiedendomi cosa significasse esattamente la parola *delusione*. Mamma aveva le idee chiare sul nostro futuro. Quando qualche giovane ragazzo di umili origini si avvicinava a me o a mia sorella, armato del più bello dei sorrisi, lei lo accoglieva materna e lo indirizzava altrove, dove si sarebbe trovato a suo agio. Lo faceva per lui. Era ammirevole. Noi non eravamo ricchi, ma lo sembravamo, e questo era il più luccicante dei lasciapassare.

Poi accadde qualcosa che cambiò per sempre il nostro rapporto, forse lo distrusse.

Rimasi incinta a sedici anni. Io non ero una di quelle

adolescenti provocanti che volevano sembrare la reincarnazione di Lolita. Avevo appena smesso di giocare con le bambole, sapevo come mangiare i crostacei usando le posate e soprattutto temevo mia madre più di ogni altra cosa al mondo.

Quando mio nonno aveva scoperto di essere malato, io ero solo una bambina. Una sera l'avevo vista entrare nella stanza in cui lui trascorse gli ultimi giorni di vita. Quando era uscita, aveva un altro sguardo: addolorato, certo, ma orgoglioso. L'avevo ammirata. Suo padre le aveva lasciato le redini di tutto quello che aveva costruito, aveva riposto in lei, una donna, la fiducia degna di un figlio maschio. Mamma era il mio mito. Ero così fiera di lei. Ricordo che una sera l'avevo detto anche a mio padre.

«Mamma è bravissima!»

Lui non mi aveva risposto. Mi aveva guardato e sorriso appena, poi aveva continuato a fumare il suo sigaro scrutando la notte. Mi ero alzata, convinta di essere di disturbo.

«Giulia», mi aveva richiamato mio padre. Mi ero voltata con aria interrogativa.

«Lo sei anche tu! Non dimenticartelo!»

Ero tornata nella mia stanza, felice. Ero come mia madre. Lo aveva detto anche papà. Sarei stata anch'io una grande donna.

Dopo la scomparsa del nonno, mamma aveva preso in mano la situazione. Aveva rinnovato i locali e investito nella loro ristrutturazione. In pochi mesi era diventata una delle donne più ammirate della città. I giornali locali avevano fatto a gara per dedicarle un pezzo sull'emancipazione femminile, su come le donne possano sostituire gli uomini senza drammi anche quando possiedono una famiglia impegnativa. Eppure mamma era stata brava anche in questo, e in tutte le foto che furono pubblicate sembravamo una famiglia adorabile. Mia sorella in fasce e io per mano. Eleganti e sorridenti. Ricordo che per quegli scatti mi aveva fatto mettere un abito bianco, poi era corsa in camera sua, aveva indossato un filo di perle e si era seduta in mezzo a noi.

«Ora sorridete», aveva ordinato. Noi avevamo obbedito. Il suo motto era «tutto si può fare».

Il resto si compra, aggiungevo io.

Mi innamorai di uno dei camerieri che lei aveva assunto. Aveva bisogno di lavorare e veniva da una famiglia semplice, le preferite da mia madre. Non avevano pretese e soprattutto le regalavano quella patina di benefattrice per la quale sarebbe stata ricordata per sempre. Quando scoprì che quel povero ragazzo sarebbe stato il padre di suo nipote, mamma si scompose in tanti piccoli pezzi, ma soltanto per pochi secondi.

«Hai una faccia strana. Andiamo dal medico!» mi disse un giorno. Io non sapevo nulla, non immaginavo nulla. Ero solo felice come mai prima, e innamorata di qualcosa che sembrava arrivato dal mondo dei sogni. Era questa la differenza tra me e mia madre. I sogni.

Quando il medico rilasciò la sua diagnosi ero in stato interessante da meno di cinque settimane. Se ne sarebbero accorte solo mia madre e la fata Morgana. Mi trascinò fuori dall'ambulatorio. Pensavo che mi avrebbe sgridata o chiesto spiegazioni. Non lo fece. Chiamò un taxi e mi riportò a casa. Contattò la famiglia di lui e li sistemò per parecchi anni. Loro accettarono e lui sparì in un batter d'occhio dalla mia vita. Poi telefonò a un'agenzia e prenotò un volo per l'Inghilterra. Io, lei e mia sorella ci saremmo trasferite lì per circa un anno. Il tempo perfetto per imparare una lingua e portare avanti una gravidanza. Affittammo una villetta nella zona nord di Londra. Mamma aveva promosso un suo collaboratore a sovraintendente delle attività e gli aveva delegato la maggior parte delle scelte. Papà ci veniva a trovare ogni due settimane. Ogni tanto prendeva qualche giorno di ferie dall'università per passare più tempo con noi. Lo ricordo sempre silenzioso e accondiscendente. Mamma gli acquistava i biglietti e, quando lo rispediva in Italia, lo obbligava a cenare al ristorante tutte le sere con la scusa di controllare il lavoro dei dipendenti. Durante la nostra permanenza individuò un piccolo locale le cui grandi potenzialità erano evidenti solo all'occhio attento di mia madre. Lo rilevò e lo trasformò in un piccolo ristorante italiano nel quale si potevano gustare soltanto tre piatti prelibati della nostra tradizione. Gli inglesi non resistettero a lungo, e nel giro di poche settimane formarono una lunga coda per gustare gli gnocchi al pesto, la torta di carciofi e il migliore panettone con uvetta, canditi e pinoli che avessero mai mangiato.

Io piansi per più di un mese. Odiavo quel posto senza sole, odiavo trovarmi lì senza aver salutato nessuno, odiavo non poter vedere il mio amore. Mia madre mi lasciò piangere. Una lacrima dopo l'altra. Finché non le ebbi finite e, come una spugna quasi asciutta, tornai a guardarmi intorno. Fu, di fatto, un anno facile. La scuola in cui andavo era ovviamente un istituto di suore italiane alle quali mamma piaceva molto per motivi a me oscuri, ma credo puramente economici. Per questo mi veniva concesso quasi tutto. Un po' perché ero in stato interessante, un po' perché non capivo cosa dicesse la maggior parte delle persone che avevo intorno.

Arrivò il giorno del parto. Le ultime settimane ero stata costretta a letto. Facevo fatica a mangiare e mi sembrava di abitare un corpo non mio. Ilaria mi girava intorno. Aveva imparato a guardarmi esattamente come faceva mamma. Seria. Era solo una bambina. Parlava l'inglese meglio di me, e per questo non la sopportavo. Mamma la prendeva in braccio e la coccolava. Poi si rivolgeva a me per darmi istruzioni. Lei era ancora là, nel posto giusto. Io avevo superato la barriera.

Una notte iniziai a urlare per il dolore. Mamma corse da me e chiamò un'ambulanza. Ci portarono in un istituto privato. Aveva disposto tutto. Fu la notte più lunga della mia vita. Il tempo sembrava non passare e le lancette dell'orologio erano come immobili. Il dolore, invece, si muoveva su e giù per il mio corpo. Mi invadeva come un'onda. Mi lasciava con le labbra spalancate e lo sguardo fisso al soffitto e mi trascinava alla deriva solo per farmi riappropriare delle forze che avrebbe spazzato all'ondata successiva. Ero spaventata. Mamma si sedette vicino a me. Mi chiese di guardarla negli occhi e di respirare insieme a lei. Per un attimo compresi che sarebbe stata in grado di far nascere mio figlio da sola, se fosse stato necessario.

«Giulia, guardami! Ora inspira lentamente. Concentrati sull'aria che entra dentro di te. Andrà tutto bene. Tra poco sarà tutto finito.»

Io le credetti, perché come sempre aveva ragione. Arrivò il dolore più acuto, poi il nulla. Fu come se il corpo mi fosse stato tagliato via e io non fossi più obbligata a sentirlo soffrire.

Chiusi gli occhi esausta.

Me lo fecero vedere. Lo sorressi per pochi secondi, poi lo portarono via. Fu un attimo. C'era scritto così sul foglio che mia madre aveva firmato al posto mio. Una parte di me lo sapeva, non avevo bisogno di farmelo spiegare. Ero entrata dentro a tutto quel meccanismo che mi aveva portato lì a partorire, in un Paese che non era il mio, in una lingua che masticavo poco, un figlio che sarebbe cresciuto con qualcuno più degno di me, qualcuno che non doveva ancora finire la scuola e sapeva come cambiare un pannolino. Qualcuno che poteva stare dov'era, che non aveva nulla da nascondere.

* * *

Una sera mia madre entrò nella mia stanza.

«È andato tutto bene, tesoro. Sono fiera di te. So che non è stato facile.»

Non risposi. La guardai.

«Quello che è successo è una cosa molto difficile da capire, ma voglio che tu sappia che nessuno ne è a conoscenza. A settembre potrai tornare a scuola con i tuoi vecchi compagni. È tutto sistemato. Siamo solo andate fuori per farti imparare l'inglese. Sarai bravissima agli esami. Sei stata brava, Giulia.»

Quella fu l'ultima volta che glielo sentii dire.

Poche settimane dopo tornammo in Italia. Io, silenziosa e stranita; mamma, serena e sicura delle sue scelte.

Mamma era così, non sarebbe mai uscita sconfitta. Non importava quanto le cose non tornassero, quanti fossero i dubbi o le frustrazioni. L'unica cosa fondamentale era che tutto rimanesse tra le frange del tappeto del salotto.

Qualche anno più tardi incontrai quello che sarebbe diventato mio marito. Io ero una ragazza silenziosa e malinconica. Era come se la voglia di ridere mi fosse stata asportata insieme alla placenta. E mentre mia madre elogiava il mio fare pacato e misurato, io mi sentivo infetta dentro.

Esattamente un anno dopo, il giorno del suo primo compleanno, entrai in camera di mamma in lacrime. Lei capì. Mi abbracciò e mi disse: «Tesoro, lo so che è difficile, ma tu devi essere forte, più forte, e aggrapparti all'idea che è stato giusto così. Tu sei una vera eroina. Hai fatto la cosa migliore che potessi fare...»

«Mamma... io vorrei vederlo...»

«Lo so, Giulia, ma vedrai che presto tutto diventerà solo un ricordo. Lo metterai in un angolo del tuo cuore e lascerai che la vita ti offra quello che meriti.»

«Possiamo tornare là? Vorrei contattare la famiglia. Magari c'è una possibilità per riaverlo.»

«Purtroppo no. Lo hai dato in adozione e la legge è severissima in queste cose. È tutto anonimo. Io non so come si chiami la famiglia che lo ha preso con sé. Ma so per certo che è una famiglia abbiente, per bene e molto religiosa, non gli farà mancare nulla. È questo il tuo grande dono per lui.»

Rimasi immobile come se mi avessero fatto un incantesimo. Le mie speranze si frantumarono sul pavimento, sotto gli occhi sapienti di mia madre.

Emanuele mi strappò da lì. Lo avevo conosciuto per puro caso e non avevo più smesso di pensare a lui. Aveva reso la mia vita normale, come se tutto fosse semplice o possibile. Innamorarsi, stare insieme e progettare un futuro. Finalmente mi ero innamorata di un uomo che piaceva a mia madre e quella non era una semplice fortuna, era una diagnosi tempestiva. L'espressione di mamma era cambiata non appena lo aveva visto accanto a me. Emanuele era vestito bene e teneva una mano nella tasca dei pantaloni. Sorrideva e conosceva le buone maniere. Io balbettai qualcosa, convinta che lei lo avrebbe trattato come tutti gli altri, con sufficienza. Invece il suo viso si illuminò in un largo sorriso e lei si trasformò in una creatura adorabile.

«Perché eri terrorizzata? Tua madre è fantastica!» esclamò Emanuele poco dopo.

«Su questo hai ragione. A volte sembra ultraterrena!» risposi perplessa.

La verità è quasi sempre una storia raccontata a metà.

In quei giorni, dopo aver scoperto la relazione di mio marito, continuavo a spiarlo. Una parte di me lo avrebbe preso a graffiate, l'altra non riusciva a dimenticare cosa sarebbe accaduto se la verità fosse venuta a galla.

Mia madre mi avrebbe imposto di riconquistarlo, a costo di farmi vestire come una prostituta se fosse stato necessario risvegliare la nostra sessualità. Ci avrebbe obbligati a fare una crociera a sue spese e, se non fosse bastato, sarebbe stata capace di rintracciare l'altra e dissuaderla dal farsi ancora vedere in giro. Il tutto rigorosamente dopo il tramonto, perché nessuno intuisse la crepa dietro la facciata.

Quei pensieri mi mettevano i brividi, e così, come se mi fossi trovata in cima a una pista innevata con scarsa visibilità, divaricai gli sci e presi a fare le curve più larghe possibile.

Evitavo di interrogarmi troppo sulla nostra relazione. Eravamo tranquilli ed equilibrati. Emanuele era cortese e simpatico. Passava la metà della settimana fuori casa per lavoro o per altro, e quando tornava aveva spesso voglia di uscire, di cenare in qualche ristorante carino o di vedere gli amici. Non era poi così male. Eravamo stati felici e questo poteva bastare. E poi io senza di lui sarei tornata a essere me stessa, avrei perso l'equilibrio.

Per buona parte di tutti questi motivi, quando rincontrai Federico non mi sembrò una brutta idea concedermi il lusso di intrattenermi con lui. Lontano da occhi indiscreti.

Erano passate un paio di settimane dalla sera della presentazione del suo libro. Mi ero fermata a prendere un caffè nel bar sotto il mio ufficio quando lo vidi mentre mi guardava sorridente.

Mi imbarazzai. Non so perché. Forse per quel suo sorriso sicuro, forse per tutti i pensieri che mi portavo dentro o, più probabilmente, perché quell'uomo era davvero attraente.

«Allora ogni tanto lavori anche tu!» esclamò.

«Scusa?»

«Sono passato diverse volte in agenzia ma non ti ho mai visto.»

«Forse non mi hai cercata in modo accurato. Voi uomini abituati bene smettete presto di fare fatica.»

Lo fissai negli occhi per un secondo, poi, come se la

sua presenza fosse del tutto superflua, ordinai il mio solito caffè.

«Abituati bene? Cosa vuoi dire?»

«Bellocci con l'aria intellettuale che sorseggiate Bourbon e avete un'idea su tutto.»

«Ah, però! Vedo che ti sono piaciuto subito.»

«È solo che ho affinato l'occhio e il fiuto.»

«Comunque volevo dire che mi fa piacere vederti, ma la prossima volta troverò un modo più convenzionale per fartelo sapere.»

Sorrisi e alzai le spalle. Forse mi sarei dovuta scusare, forse era meglio continuare a essere un po' odiosa. Non lo sapevo.

«Prendi qualcosa?» chiesi, lasciando cadere ogni tentazione bellicosa.

«Un caffè.»

Ci sedemmo al tavolino e ci guardammo negli occhi, come se fosse normale.

Mi raccontò del suo tour promozionale, mentre io cercavo di sembrare una signora per bene e a tratti simpatica.

«Domani sera, alle diciotto, sarò alla *Libreria Centrale*. Perché non passi? Lì vicino c'è un locale che ha una selezione di Bourbon imperdibile, magari ti racconto la mia opinione su un paio di cose che credo tu debba sapere.»

«Mi dispiace, domani devo portare a tosare il gatto.»

«Persiano?»

«No, un certosino, ma lui non lo sa.»

Rimanemmo un attimo in silenzio, poi scoppiammo a ridere come due adolescenti.

Prima arriva il lampo e poi il tuono.

La sera dopo arrivai alla libreria puntuale. Quando mi vide si congedò da una conversazione e mi venne incontro. Mi diede un bacio casto sulla guancia che riuscì a infiammarmi, e per un attimo pregai che qualcuno lo chiamasse per qualcosa di importante e mi lasciasse sola. Volevo godermi quell'istante, avevo bisogno di appoggiarmi per non cadere.

Mi sedetti a metà sala e lo guardai senza ascoltare nemmeno una parola.

Più tardi, dopo che ebbe salutato tutti e firmato qualche copia, ci allontanammo dalla libreria. Non sapevo dove stessimo andando, conduceva lui. Quando voleva che cambiassimo strada, allungava una mano sul mio gomito e mi tirava nella direzione corretta. Lo lasciavo fare.

Entrammo in un piccolo bar con le sedie in ferro battuto, le tende chiare e il pavimento in legno bianco. Non ci ero mai stata, lo trovai molto accogliente.

«Federico! Il solito?»

«Per me sì, poi fai qualcosa di straordinario per la mia nuova amica.»

Le parole *nuova* e *amica* mi misero a disagio. «Ma io vorrei...» provai a dire.

«No, mi spiace, qui si beve quello che decide lui. Se non ti piace ce ne andiamo...»

«Ma che bar è?»

«È come essere in terapia. Se non ti trovi bene, non chiedi allo psicologo di cambiare approccio, te ne vai e basta.»

Ero senza parole. Mi vennero in mente un mare di obiezioni da fare e niente di concreto da dire. Andava bene. Mi sarei bevuta persino un bicchiere di sciroppo di rosa se me lo avesse offerto lui.

Mi sedetti.

«Be'? Te ne stai così? Senza fare un po' di polemica?»

«Perché dovrei? Io non ho un'opinione su tutto. Io mi guardo intorno e sorrido accondiscendente come fanno le brave ragazze», risposi. Per un attimo pensai che in quella follia di essere lì con uno sconosciuto, lontano da Emanuele, c'era tutto il mio desiderio di essere come Ilaria. Sorseggiai il mio cocktail e tutte le parole che scivolavano dalle sue labbra.

«Vieni spesso qui?» gli chiesi.

«Ogni volta che ho voglia di essere me stesso.»

I suoi occhi verdi, le rughette intorno, il profumo di alcol e muschio e la voglia di essere se stessi. Ecco cosa serve per innamorarsi.

Il corteggiamento è un po' come un delitto, le prime ore delle indagini sono cruciali per la sua corretta soluzione.

Tornai all'auto di corsa. Mentre guidavo, chiamai la pizzeria sotto casa e ordinai una quattro stagioni e una prosciutto e funghi che ritirai al volo prima di salire in casa.

«Dove sei stata?» mi chiese Emanuele.

«Avevo voglia di pizza e mi sono fermata a prenderla. Ti va?»

«Certo.»

«C'era un sacco di gente. Dovremmo aprirne una anche noi. Fanno soldi a palate», dissi mentre cercavo di togliermi le scarpe. Come se fosse vero.

LA seconda crisi mi aveva colpita il giorno delle mie nozze. Era tutto perfetto. La chiesa, i fiori, la sposa e lo sposo. Anche in quell'occasione mamma non aveva risparmiato su nulla. Una limousine mi aveva aspettata sotto casa e, mentre ci spostavamo verso la chiesa, mi ero voltata a guardare mio padre.

«Stai bene?» mi chiese, lievemente preoccupato.

«Non lo so...»

«È l'emozione. Stai tranquilla, è normale.»

Non era così, o almeno non del tutto. L'emozione c'entrava di certo. L'emozione scopriva le mie vene aperte con più facilità.

«Mi chiedo dove sia.»

«Chi?» mi domandò papà. Mia madre doveva avergli fatto un trattamento personalizzato di rimozione dei ricordi.

«Mio figlio!»

Lui si irrigidì, mi strinse la mano e abbassò lo sguardo.

Era sollevato di essere solo con me in auto, di non dover dare spiegazioni a sua moglie su quel velo di malinconia che dai miei occhi era passato ai suoi.

«Sono sicuro che sta bene», mormorò premendo le dita sul raso del mio guanto.

«Sarebbe bello averne la certezza», risposi.

«Oggi è un giorno importante per te. Non farti portare via. Resta qui e goditelo.»

Parole di mamma. Amen.

Finiti i festeggiamenti, mi avvicinai a mia madre. Era tardi, avevo le scarpe in mano per il male ai piedi e mi sarei strappata il vestito da dosso. Io ed Emanuele avevamo salutato tutti gli invitati, uno a uno, consegnando loro un mignon di champagne gentilmente offerto dai ristoranti di mamma.

«Sono passati sei anni.»

Mamma non mi fece nessuna domanda. Sapeva di cosa stavo parlando.

«Mamma, io vorrei sapere dov'è.»

«Lo so, tesoro, ma purtroppo è impossibile. Certe scelte devono rimanere segrete, per tutelare i bambini e le famiglie adottive.»

«Non credo che sia impossibile per te. Tu ottieni sempre quello che vuoi.»

«Anche tu, tesoro. Guarda che bel matrimonio e che splendido marito che hai. Sei stata molto brava!»

«Mi vuoi aiutare, mamma? Ti prego!»

«Va bene. Lasciami fare qualche telefonata e vediamo cosa riesco a scoprire.»

L'abbracciai. Me lo ricordo bene, perché non capitava spesso.

Tornai da mio marito con la musica nel sangue.

«Mi concede l'ultimo ballo, signore?» gli chiesi sorridendo.

«Capisco che lei non riesca a resistere al mio fascino, ma sono un uomo sposato e d'ora in poi posso ballare solo con mia moglie.»

«Deve essere una donna molto fortunata.»

«Straordinaria, direi.»

Ero felice.

Arriva il momento in cui le nostre vite non sono più quelle di prima. Affrontiamo le nostre paure, accettiamo la sfida e ammettiamo di essere innamorati. E, a volte, scopriamo che quel cambiamento è proprio la risposta alle nostre preghiere.

QUANDO rientrai dal viaggio di nozze, mi precipitai da mia madre. Ero ansiosa di sapere se fosse riuscita ad avere qualche notizia, o per lo meno un indizio che mi potesse aiutare.

Non mi disse nulla. Ci fece accomodare e ci servì un aperitivo accompagnato da tartine al caviale. Mi guardava, sorrideva e continuava a ripetere quanto mi stesse bene un po' di abbronzatura.

«Allora, com'è andato questo viaggio?»

Lasciai a mio marito l'incombenza dei dettagli. Emanuele amava chiacchierare e intrattenere le persone. Lo sapeva fare alla perfezione. Lo fissai con odio, ma lui non se ne accorse e si perse a elencare tutte le escursioni che avevamo fatto, i piatti esotici che avevamo assaggiato e tutte le fotografie che aveva scattato, in cui lui compariva pochissimo perché, si sa, io ho sempre odiato immortalare i ricordi. Ne avevo già abbastanza in testa.

Mia madre sembrava incantata. Poi si alzò per andare in cucina a prendere le lasagne che aveva messo nel forno e io la seguii con la scusa di aiutarla a finire di preparare qualcosa.

«Allora?»

«Cosa, tesoro?»

«Hai fatto la tua indagine? Le tue telefonate?»

«Chi dovevo chiamare, cara?»

«Non so chi avessi in mente. Immagino qualcuno dell'istituto che avevi contattato sei anni fa...»

«Ah, che sbadata! Certo che l'ho fatto. Appena siete partiti li ho rintracciati e mi hanno risposto immediatamente. Hanno un servizio davvero efficiente in quel Paese. Chissà se è così anche in Italia? Purtroppo è come immaginavo, non possono fare nulla per aiutarci. Mi hanno spiegato che è vietato fornire qualsiasi informazione riguardo la nuova identità dei bambini adottati. È la legge. Lo fanno per tutelarli. In fondo, dopo tutto questo tempo, è figlio loro.»

«È mio figlio...»

«Certo, tesoro, ma prova a metterti nei panni di una mamma che ha cresciuto suo figlio per così tanto tempo.»

«Io voglio solo sapere se sta bene.»

«Giulia, devi stare tranquilla. Io avevo scelto il migliore e il più qualificato degli istituti. Hanno standard elevatissimi per la selezione delle famiglie. È sicuramente in ottime mani, amato e trattato come un figlio naturale.»

La guardai. Mi sentivo in colpa.

«In questi anni potrebbe essergli successo qualcosa...
ora potrebbe avere bisogno di me...»

«Ah, dimenticavo. C'è una cosa che si può fare.»

«Cosa?»

«Mi hanno spiegato che tu puoi scrivere una lettera,
che loro terranno custodita nel tuo fascicolo e, se il
bambino dovesse fare lo stesso, allora vi metteranno
in contatto...»

«Ha solo sei anni...»

«Sono certa che un giorno vorrà conoscere le sue
vere origini e si farà le tue stesse domande. Quel giorno
troverà le tue parole e così saprà che tu non l'hai mai
dimenticato.»

Mi accarezzò il viso con entrambe le mani, poi mi
chiese di portare in tavola una bottiglia di vino.

Spett.le
Suor Mary
Saint Thomas Institute
34 Baker Street
London
England

Oggetto: Adozione avvenuta il 15 maggio 1994

Gentile suor Mary,
le scrivo su suggerimento di mia madre. Vorrei che,
se mai mio figlio dato in adozione nel 1994 grazie al
vostro istituto desiderasse mettersi in contatto con me,
incontrasse tutta la mia disponibilità e questa lettera.
Grazie,

Giulia

Tesoro mio,

credo siano stati pochissimi secondi, forse qualche minuto, non di più, ma li ricordo come i più importanti della mia vita. Pochi secondi però non possono bastare per insegnare qualcosa. No. Per imparare ci vuole tempo e una bella quantità di esperienza, ma se avessi potuto, se me l'avessero concesso, ci avrei provato seriamente a essere una madre, se non buona magari decente. Avrei trasformato quei pochi secondi in piccole cose vissute insieme e in sorrisi da raccontare. Ti avrei spiegato che non è il buio che fa paura ma quello che non riesci a vedere, che le cose che desideriamo non le avremo mai senza sacrificarci almeno un po' e che spesso devi dire no anche se ti piange il cuore. Ti avrei portato con me, quasi sempre, e avrei provato a essere una persona gentile, almeno davanti a te, perché capissi che essere buoni e generosi è sempre più facile. Ti avrei insegnato a essere ottimista, a pensare che le cose si possono ancora sistemare al meglio, e che prima o poi il dolore passa e i vuoti si colmano. Quasi tutti.

Ti avrei voluto vedere mentre fai le facce buffe e affronti la vita seriamente, mentre ti ostini per ottenere quello che vuoi e ti accendi una sigaretta, anche se forse non hai il vizio del fumo. Ti vorrei sapere indeciso su come toglierti da un guaio in cui ti sei infilato in buona fede, piuttosto che terrorizzato di sbagliare.

Potrei andare avanti all'infinito, ma la cosa peggiore che mi porto addosso è solo questa: la paura che tu non mi creda, perché so che pochi secondi, forse qualche

*minuto, possono non essere sufficienti per fidarsi di
qualcuno, ed è per questo motivo, e soltanto questo,
che la cosa che più preme sul mio cuore è la certezza che,
se tornassi indietro, lotterei con le unghie e con i denti
per te. Per noi.*

Perdonami.

La tua mamma

«SEI un tipo strano», mi disse Federico qualche giorno dopo.

Mi aveva invitata a pranzo e io avevo accettato.

«Perché?» domandai con aria angelica.

«Non so, sembra che tu sia un po' qui e un po' altrove.» Ed era esattamente come mi sentivo, ma io avrei impiegato un giorno per riuscire a spiegarlo.

«Ti sbagli. Faccio solo finta per attirare la tua attenzione. In realtà pendo dalle tue labbra e non vedo l'ora che tu mi racconti simpatici aneddoti sul tuo editore.»

«Eccoti qui. Ora ti riconosco!» mi rispose inchiodandomi al muro con i suoi occhi verdi.

Mi feci coraggio.

«Non ci stiamo vedendo un po' troppo spesso?» chiesi.

«Ti dispiace?»

«No... ma... cioè... non lo so...»

«A volte sai essere lapidaria e chiara. Dovresti scrivere comunicati stampa!»

«Non mi sfottere. Hai capito cosa voglio dire!»

«Se ti dicessi di no, ti arrabbieresti molto?»

«Mi metteresti in difficoltà, ma credo che sia questo il gioco, no?»

«Quale gioco? Io non sto giocando...»

«Federico...»

«Giulia...»

Sentire il mio nome tra le sue labbra mi fece uno strano effetto. Le sue dita scivolarono sul mio braccio. Non ebbi nemmeno per un secondo l'istinto di allontanarlo da lì.

Rimanemmo appesi nel vuoto; il disagio non mi era mai sembrato tanto attraente.

«Non sai quanto vorrei baciarti.»

«Fallo, ti prego», risposi.

«Se lo faccio non saprei fermarmi. Sono un uomo sposato, con due bambini...»

«Hai ragione», dissi, nella speranza di apparire controllata e distaccata.

Lui guardava per terra. Cercava qualcosa, forse i suoi pensieri o forse il coraggio.

Non mi sarei allontanata da lì per nessun motivo. Volevo lui. Quell'uomo, Federico, i suoi occhi e quell'aria proibita che avevamo addosso. Mia madre lo avrebbe odiato.

Mi accompagnò alla macchina. Camminammo in silenzio, feriti e a disagio. Qualcosa era cambiato. Il limite era stato superato ma senza festeggiamenti.

Mi aprì lo sportello.

«Siamo riusciti a farci male senza combinare nulla», mi disse.

Mi misi a ridere.

«Sì, siamo un caso da studiare.»

«Sei troppo attraente, ho paura di fare la fine di quello che per avvicinarsi al sole ha finito col bruciarsi le ali.»

«Icaro.»

«Io, e tu il sole.»

Gli accarezzai una guancia. Era la prima volta che lo toccavo.

«È meglio che tu te ne vada, altrimenti non rispondo di me...»

«Lo so, dovrei ma non ne ho voglia.»

«Giulia, ti prego...»

Cercai le sue labbra. Le cercai come se fossi cieca.

È sempre bello innamorarsi. Sì, è sempre bello anche se non puoi vivere l'amore, se ti devi nascondere o se sai che da adesso in poi non dormirai più. Ma, nonostante le avvertenze scritte in rosso, ti senti appagato, vivo e così giovane da pensare di ipotecarti ancora il futuro. Perché a innamorarsi e a fare follie non sei quasi mai tu, ma la parte migliore di te, e questa a volte sembra essere più che sufficiente per infilarsi in un mare di guai.

La sua bocca sulla mia. Ancora. La mia sulla sua. Ancora. Il desiderio di scoprire ogni pezzo del suo corpo e di lasciare andare la passione. Eravamo in un angolo di città, chiusi nella mia auto come due studenti che non sanno dove andare e pronti a farci prendere a pugni dal mondo. Eravamo soltanto io e lui, e un'eccitazione davvero difficile da spiegare.

Ci spogliammo poco, come potevamo. Solo il necessario, solo quello che capitava. E poi ogni bacio era un premio, come se avessimo raggiunto una nuova tappa sempre più vicina al sole, sempre più pericolosa.

Il mattino dopo, Emanuele aveva un aereo all'alba. Lo sentii scivolare silenzioso dal letto e prepararsi per uscire. Tenevo gli occhi chiusi e respiravo piano. Non so se ero riuscita a dormire almeno un po' durante la notte, ma so per certo che non avevo nessuna voglia di alzarmi per scoprire chi lo avrebbe accompagnato in aeroporto. Qualcosa era cambiato.

L'amore è energia, frastuono e forza. Assomiglia alla migliore delle cure, lenisce ogni ferita e ci rende migliori. Sì, l'amore è il più potente degli dei, il più abile dei prestigiatori e il più convincente tra gli illusionisti.

IL giorno seguente non chiamò. Non sapevo cosa fare. Mi ero alzata dopo aver dormito troppo poco per essere così sveglia. Non vedevo l'ora di uscire, di andare in ufficio ma vestita in modo troppo elegante e di fare finta di lavorare. Mi precipitai al lavoro. In cuor mio pensavo che l'avrei visto, che sarebbe passato, che mi avrebbe telefonato. Scesi almeno sei volte al bar a prendere il caffè sperando di trovarlo lì. Mi guardavo intorno e mi sentivo spiata da tutti. Ma nessuno faceva caso a me. Alle sei di sera decisi di rientrare. Lui avrebbe chiamato, ne ero certa.

Squillò il telefono. Sobbalzai. Era Emanuele.

Trentacinque secondi di conversazione. Gentile e preciso. «Ti chiamo dopo.»

«Bacio.»

«Bacio.»

Era tutto normale. Fuori, non dentro.

Chiamò mia madre. Non risposi. Non avevo voglia di sentirla. Dopo un'ora, presa dal rimorso, la richiamai.

«Perché non vieni a cena?» mi chiese.

«No, mamma, stasera preferisco rimanere a casa. Sono distrutta.»

La verità era che speravo che Federico si facesse vivo, mi invitasse a uscire.

Mi feci una doccia. L'acqua calda mi diede sollievo e mi rapì per un po', ma tenni il telefono sul lavandino e con la suoneria al massimo. Per sentirlo se avesse suonato. Se.

Mi frizionai i capelli nell'asciugamano e mi organizzai una base per il trucco così che, se fosse servito, mi sarei preparata in pochissimi secondi.

Puntai il getto caldo del phon contro lo specchio per riuscire a vedermi. Ero lì, avvolta in un asciugamano con i capelli bagnati e poche gocce che lucidavano la mia pelle. Sembravo mia sorella, assomigliavo a mia madre.

Lui non chiamò e io ci rimasi malissimo.

Afferrai il cellulare e pensai diverse volte di scrivergli, ma cercai di resistere. Non era questo il momento di perdere il controllo. Domani lo avrei sentito. Domani sarebbe stato un altro giorno. Il migliore, quello giusto.

A fatica mi addormentai, senza aver toccato cibo.

Il mattino dopo trovai due messaggi.

La buonanotte di Emanuele, che non avevo sentito,

e il buongiorno di Federico, che mi illuminò e mi mise appetito.

Ero così felice che decisi di fare una colazione inglese. Strapazzai un paio di uova e ci sciolsi del formaggio. Tostai il pane e mi preparai una spremuta d'arancia. Era tutto perfetto. Mi sedetti, afferrai il cellulare e scrissi: *Bello ricevere il tuo buongiorno. Non credevo.*

Invio.

Risposta: *Anche ricevere la tua risposta non è male.*

Sorrisi. Avevo voglia di vederlo, e speravo di non dover aspettare troppo.

Il telefono squillò.

Il nome di Emanuele lampeggiava tra le mie mani. Feci una smorfia e risposi.

«Pronto?»

«Dormigliona! Non mi hai risposto ieri sera.»

«Scusa, mi sono addormentata subito. Ero bollita!»

«Tutto bene?»

«Sì, e tu? Quando torni?»

«Stasera.»

«Stasera? Non domani?»

«No, prendo l'ultimo volo ma voglio rientrare. Non ne posso più di dormire in hotel.»

Io pagherei per una notte fuori. «Ti vengo a prendere?»

«Tranquilla, prendo un taxi.»

Non insistetti. Non era il caso. Non più.

* * *

Altro messaggio: *Ti chiamo dopo. F.*
Decisi di non rispondere. Ero già abbastanza felice.

Ci incontrammo in un luogo bellissimo. Al mare.
«Ma tu dove abiti?» chiesi.
Volevo sapere tutto di lui, ma dovevo sembrare cauta.
«A cinquanta chilometri da qui.»
«Cinquanta?»
«Sì. Abbiamo deciso di allontanarci dal centro per stare più tranquilli. Lì è tutto a misura d'uomo. È perfetto per i ragazzi.»
«Io abito in centro», risposi, anche se non me l'aveva chiesto.
«Lo so.»
«Come fai a saperlo?»
«Voglio dire che ci avrei giurato. Non sembri una di periferia.»
Era un complimento e mi piacque. Sorrisi.
«Ti va un panino al volo?»
«Mi va.»
Non mangiavo volentieri carboidrati, né tantomeno adoravo i panini. Io ero una da zuppe, insalate e al massimo qualche torta di verdura.
La mia dieta non aveva nessuna importanza.
Ci sedemmo in un ristorante sulla spiaggia e ordinammo due toast e due insalate. Parlò lui, e fu perfetto.
Chiacchierammo di un sacco di cose. Di vita, di famiglie e dei telefilm che guardavamo quando eravamo

ragazzi. Mi raccontò della sua fuga a Londra subito dopo il diploma e del desiderio di fare l'artista.

«Volevo fare il cantante!» esclamò.

«Davvero?»

Ero sbalordita.

In casa mia le capacità delle persone si calcolavano con i voti all'università e l'intuito per gli affari.

Il mio nuovo amore aveva anche una bella voce.

«Poi Flavia ha preso un aereo ed è venuta a prendermi.»

Mi irrigidii. Quel nome, quella frase, erano un accordo stonato. Non avevamo regole, ma, per come ero fatta io, non era necessario parlare delle nostre famiglie. La mia educazione prevedeva il salvataggio forzato dell'apparenza.

Se hai un amante non puoi parlargli di tuo marito, potresti passare per quella che non sei.

Naufragavo tra i miei pensieri mentre lui, molto più rilassato, continuava a raccontarmi quello spaccato di vita di cui io non avrei mai fatto parte.

Aveva lasciato Flavia per inseguire un sogno. Si era trasferito a Camden, il quartiere alternativo. Viveva in un appartamento minuscolo insieme ad altri tre giovani di cui ignorava l'occupazione. Faceva il cameriere e cercava di farsi ingaggiare per qualche evento. Una sera si trovò Flavia davanti. Tra le strade colorate e sporche, lei gli offrì un'alternativa e lui, ormai stufo di fare sacrifici e con un bel po' di cose da raccontare, accettò. Si iscrisse all'università e si laureò in Informatica. Ora faceva il consulente per diverse aziende. Poi i figli e la voglia di scrivere un romanzo, perché l'animo inquieto si può placare ma non certo abbandonare.

«E tu?» mi chiese.

«Io?»

«Sì, raccontami un po' di te.»

«Anch'io ho vissuto a Londra per un anno.»

«Davvero? Quando?»

«Avevo diciassette anni. Ci sono andata con mia madre e mia sorella.»

Lui mi guardò con aria curiosa. Forse si aspettava il solito racconto della giovane che va all'estero per imparare una lingua e che non si porta certo dietro mezza famiglia.

«Ti sarai divertita un mondo.»

«No, veramente no. È stato tutt'altro che divertente.»

«Come mai?»

«Sono stata molto male.»

«Davvero? E perché?»

Mi sarei alzata. Avrei voluto inventare una scusa. Una commissione urgente, un mal di testa improvviso o uno dei miei attacchi d'asma, perché la mia unica vera trasgressione sarebbe stata proprio parlare del mio passato.

«Non ti voglio annoiare.»

«Perché dovresti! Da quanto tempo sei sposata?» mi chiese forse per cambiare argomento.

«Quasi quattordici anni», dissi a fatica.

«Eri una bambina!»

«Già! Era l'unico modo per sfuggire a mia madre...»

«Ti va di parlarne?»

«Veramente no.»

Avevo usato un tono categorico del tutto fuori luogo.

«Non è un problema per me.»

Per me sì.

«Scusami, ma è un po' strano parlare della mia vita matrimoniale qui con te...» dissi.

«Perché? Chi sono io?»

«Non lo so...»

«Sono una persona come te.»

Scoppiai a ridere mentre lui mi fissava serio. «Ti diverte?»

«È solo che non mi sono mai trovata in questa situazione.»

«Quale situazione?»

«Questa! Io e te...»

«Già, io e te. Ma non ti devi preoccupare, farò della discrezione la mia ragione di vita e, se non te la senti, possiamo smettere di vederci.»

Avevo bisogno di bere. Le sue parole mi stavano picchiando nella testa. Era tutto così semplice? Discrezione assoluta e cancellazione dei fatti erano gli ingredienti magici? Per un attimo ebbi la sensazione di essere seduta al tavolo con mia madre.

«Ora devo andare.» Mi alzai di scatto.

«Aspetta.»

Mi fermai speranzosa.

«Ho detto qualcosa di sbagliato?»

«No. È questa situazione che è sbagliata.»
«Se lo fosse non saremmo qui. Non credi?»

Non rispettare le regole, fare nuove esperienze, uscire dalla routine e superare i confini. Si chiama trasgredire o misurarsi con se stessi?

AVEVO bisogno di tempo e di respirare dentro il mio inalatore. I miei polmoni sentivano la tensione prima di ogni altro organo.

Quella sera, quando rientrai, Emanuele stava parlando al telefono.

«Cosa fai già qui?»

Aveva detto che avrebbe preso l'ultimo volo. Per fortuna ero rientrata a un'ora non sospetta.

Lui mi fece un cenno e continuò la conversazione. Ascoltava seriamente, camminando avanti e indietro.

«Daniele se n'è andato!» esclamò poco dopo aver riattaccato.

«Tuo cognato?» chiesi in modo del tutto retorico e cercando di non scoppiare a ridere.

«Non fare quella faccia. È una tragedia!»

«Ti prego. Povero Daniele! Voglio tutti i dettagli.»

Mi alzai, andai in cucina a stappare una bottiglia di vino rosso e sistemai dei salatini e delle patatine in un grosso piatto. Era tutto pronto per trascorrere quella che sapevo sarebbe stata una serata interessante. Emanuele dava il meglio di sé quando raccontava di sua sorella e quella sera, nonostante fosse visibilmente preoccupato, sapevo che avrebbe tenuto fuori dalla nostra casa sia il mio sia la sua amante. Del resto mi sarei preoccupata domani.

Marzia, la sorella di Emanuele, era un noto avvocato. Cresciuta a pane, legge e diete Weight Watchers. Era sempre stata magra come uno spillo, ma di quella secchezza conservava il ricordo solo nelle fotografie che aveva sistemato nella sua camera da letto. Come se fossero qualcosa di intimo o un brutto segreto.

Marzia e Daniele si erano incontrati all'università, durante il corso di Diritto internazionale. Lei brillante e organizzata, lui tranquillo e poco concentrato. Marzia lo aveva scelto perché lui era l'unico che non sembrava intimorito dai suoi modi e Daniele, incapace di decidere di andarsene, era rimasto lì a sognare un futuro ricco di procedimenti penali, vite da scagionare e decisioni da prendere in poco tempo: il futuro di Marzia.

Lei aveva le idee chiare come un cristallo, e di quel cristallo conosceva perfettamente il valore.

Daniele era il gesto muto di Marzia. Lei gli finiva le frasi, imitava la sua firma per accelerare la burocrazia, ordinava per lui al ristorante.

Marzia era abbastanza per entrambi.

Si laurearono insieme, ma nessuno della famiglia avrebbe mai ricordato la discussione di Daniele. Poi Marzia fissò una data e chiese a Daniele di comprarle un anello, lo mostrò a tutti come se fosse stata una sorpresa e decise che i Caraibi sarebbero stati perfetti per la luna di miele. Daniele, fenotipo chiarissimo, passò quindici giorni in camera alle prese con la pelle arrossata, calda e sudata, febbre alta, stato confusionale accompagnato da perdita di coscienza.

Per fortuna, l'insolazione non gli procurò convulsioni e choc.

Appena rientrati, raccontarono l'accaduto a una cena di famiglia dove Anita, la giovane sorella di Daniele, laureata in Psicologia a pieni voti, affermò: «Il corpo non si scinde dalla mente e, se una cosa non la vuoi fare, prima o poi il tuo fisico si ribella». Poi, versandosi candidamente il vino, aggiunse, con tono vagamente sarcastico: «Credo che si chiami evento psicosomatico».

Da quella sera Anita non venne mai più invitata a casa di Marzia e Daniele.

Ma questo fu solo l'inizio della loro amorevole vita insieme.

Marzia rimase incinta e fu una gravidanza difficile per il povero Daniele, così come fu difficile essere strattonato, picchiato e insultato durante le otto ore del travaglio. Ma poi, si sa, i bambini sistemano tutto, soprattutto le ansie materne, e Marzia si trasformò in una madre modello, capace di sostenere l'esame per diventare procuratore, scegliere la scuola tedesca per l'educazione del piccolo Ricky, le sue lezioni di violino, francese e nuoto.

E Daniele? Be', sbiadì lentamente. Marzia gli suggerì, come solo lei sapeva fare, di dedicarsi a mansioni più amministrative, così che almeno uno dei genitori potesse avere un orario fisso e rappresentare un riferimento fermo per la crescita dei figli e gli affidò tutta la contabilità del suo studio.

«'Dei figli?'» ironizzò Daniele. «Ne abbiamo già fatto un altro?» chiese provando a riderci sopra. Ma la sua ilarità si scontrò contro: «Una famiglia perfetta ha due figli, tesoro; appena trovo qualcuno in grado di assumersi delle responsabilità in studio, posso dedicarmi alla creazione della piccola Martina!»

Daniele sapeva che Marzia non stava scherzando. Quel giorno si chiuse in ufficio e iniziò a frantumare tutte le matite sulla sua scrivania, in preda a una crisi.

Anche gli isterismi di Daniele sapevano essere silenziosi e, appena si ritenne soddisfatto dello sfogo, sferzò un pugno dritto all'idea di sua moglie. Prese il telefono e chiamò un vecchio compagno di scuola, diventato urologo, e prenotò una vasectomia nella sua clinica a circa trecento chilometri di distanza. Per la prima volta in vita sua si sentì sicuro di sé, ma in un battito di ciglia lo sconforto lo vinse e si chiese dove avrebbe trovato il tempo e i soldi per farsi operare senza il permesso di Marzia. Così venne risucchiato nelle sabbie mobili della sua precarietà.

Poi, improvvisamente, il suo volto s'illuminò come se

avesse trovato la soluzione a un quiz milionario e capì che l'unica che avrebbe potuto aiutarlo era sua madre. Maria, un'adorabile signora, dotata di un antico rispetto parentale, evitava di intromettersi nella vita coniugale del figlio: memore del trattamento che Marzia aveva riservato ad Anita, aveva calcolato che vedere regolarmente suo figlio fosse un compromesso accettabile. E poi il piccolo Ricky aveva diritto di crescere in una famiglia unita, così la candida Maria si addormentava semiserena ogni notte.

Sempre quel giorno, Daniele si precipitò fuori dall'ufficio senza permesso e si diresse nella sua vecchia casa, pronto a scoppiare in uno sconsolato pianto, come faceva quando era piccolo, sicuro che sua madre lo avrebbe aiutato a cambiare le cose.

Maria non rispondeva, e lui dovette entrare usando le sue chiavi di scorta.

La trovò in cucina in evidente stato confusionale, non riusciva ad articolare le parole e sembrava che la parte destra del suo corpo fosse legata da una corda.

Daniele si avvicinò e cercò di capire se respirava ancora, poi, in preda al panico, fece l'unica cosa che sapeva fare: telefonare a Marzia.

Era un ictus. Marzia lo diagnosticò senza «forse», e chiamò un'ambulanza per far ricoverare d'urgenza la suocera.

Daniele passò ogni giorno della convalescenza appoggiato al letto della madre come un cucciolo non ancora svezzato.

«Tua madre sta meglio, ma non può più vivere da sola.»

«Vuoi che venga a vivere da noi?» chiese Daniele automaticamente.

«No», replicò lei, secca e stupita. «Non ho tempo di occuparmi di lei, e il piccolo Ricky non dovrebbe crescere con un malato per casa.» Daniele ingoiò un po' d'aria ma non disse nulla.

Marzia continuò: «Ho contattato un'agenzia per selezionare una persona che vada a vivere con lei, una badante, così staremo tutti più tranquilli». Poi, abbozzando un sorriso, aggiunse: «Compreso tu, tesoro, che devi esserti preso un bello spavento». Quel suo momento di umanità si commutò immediatamente in: «Non voglio immaginare cosa proverebbe Ricky se mi accadesse qualcosa!» E, non ascoltando nessun commento, se lo fece da sola: «Ne morirebbe di dolore, certamente!» e uscì dalla stanza.

Arrivò Katrina, come l'uragano. Non aveva nulla dell'immaginario comune – immerso nelle fantasie maschili – della giovane ragazza russa emigrata in cerca di fortuna. Marzia aveva tanti difetti ma non era stupida e, durante le selezioni dell'accompagnatrice di sua suocera, aveva ben badato all'aspetto fisico, scartando tutte le ragazze sotto i quaranta e la taglia quarantaquattro.

Katrina aveva quarantatré anni e un fisico abbondante, cucinava divinamente le verdure ripiene e i soufflé, si occupava della casa, degli esercizi riabilitativi prescritti a Maria e la teneva allenata con continue chiacchiere.

Marzia concedeva a Daniele di visitare la madre ogni volta che lo desiderava, convinta che l'abbondanza di Katrina non fosse una minaccia.

Poi, in un pomeriggio d'estate, Daniele e Katrina fecero l'amore. In una frazione di secondo, ecco quanto è il tempo a disposizione per tirarsi indietro, i loro sensi si concentrarono prima negli occhi, poi nelle mani e nelle bocche. Daniele si sentì forte come un leone affamato e la rotonda donna dell'Est volteggiò come una farfalla tra tavolo e appoggi d'emergenza, perché una volta iniziata la festa non la si può lasciare senza aver mangiato il dolce.

Ansimanti e sudati, si ritrovarono sdraiati sotto il tavolo della cucina e, appena un velo di vergogna attraversò Daniele, la persuasiva Katrina lo strinse al suo petto sussurrando: «Non è mai stato tanto bello, e tu sei un vero uomo».

La combinazione giusta apre sempre la cassaforte.

Così, il piccolo uomo senza carattere la baciò sul seno e sulle labbra e, fissandola come se fosse appena sceso da cavallo, disse: «Abbi fiducia in me e sarà ancora più bello», davanti all'incredula madre che, se avesse potuto, gli sarebbe corsa incontro battendogli un cinque.

Quella sera, mentre Katrina chiedeva a sua cugina di sostituirla per qualche giorno, Daniele portò via le sue cose da casa. Quando Marzia rientrò, del marito rimaneva solo un biglietto. *Mi trovi all'Hotel Metropole di Monte Carlo, ma non chiamare se non è questione di vita o di morte! PS: inizio una nuova avventura, non serbarmi troppo rancore, la vita è breve e ti conviene iniziare a goderti quella che ti resta.*

Ma non fu proprio così. Le urla di Marzia si sentirono per giorni interi e, quando il fuggiasco dovette rientrare, la trovò in stato catatonico, priva di energia. Tuttavia, non si preoccupò minimamente, perché ormai la sua vita era insieme a una donna che non vedeva l'ora di saperlo a casa e che pendeva dalle sue labbra come se lui fosse sempre sul punto di svelarle i segreti più reconditi dei misteri umani. E Daniele non aveva nessuna intenzione di farsela scappare, perché sapeva bene cosa significava stare dall'altra parte.

Stavamo ridendo di gusto. Emanuele aveva raggiunto l'apoteosi teatrale descrivendomi l'amplesso tra Katrina e suo cognato sotto lo sguardo incredulo di Maria.

Non so quanti dei dettagli che aveva narrato fossero veri ma, a grandi linee, mi aveva riportato tutto quello che aveva saputo da sua madre, disperata perché Marzia sembrava non volersi riprendere, e da Anita, che aveva trattenuto a stento la sua gioia per la scelta fatta dal fratello.

Il vino iniziava a farsi strada nelle mie vene e mi sentivo leggera. Non avevo mai sopportato Marzia e mi ero sempre chiesta come potesse andarle tutto bene. Era solo questione di tempo, evidentemente.

Mi avvicinai a Emanuele e lasciai che la mia eccitazione si liberasse. Lo baciai. Lui si slacciò il nodo della cravatta e ci ritrovammo a fare l'amore per terra. Sesso veloce, pratico. Sentivo il suo corpo e non avevo il coraggio di aprire gli occhi. Lasciai andare la testa e finsi un piacere intenso.

Emanuele finì la bottiglia nei nostri bicchieri e si sedette accanto a me.

«Ti rendi conto?» mi chiese mio marito.

«Di cosa?»

«Marzia e Daniele.»

«Sembra una barzelletta...»

«È una tragedia.»

«Non esagerare.»

«Non sto esagerando. A parte la presa in giro e il fatto che mia sorella, una lezione, prima o poi se la sarebbe meritata, credo che lui si sia comportato proprio male. Quella era la sua famiglia, se non era convinto doveva pensarci prima, soprattutto prima di fare un figlio, e comunque sia l'ha umiliata, e questo non è giusto.»

Mi fece paura la sua ipocrisia. Lui mi tradiva. Io lo tradivo. Daniele era fuggito con una donna che forse conosceva appena, e Marzia ci avrebbe messo anni per riprendersi. Mia sorella lasciava che mia madre le trovasse un marito che non aveva disdegnato le mie attenzioni, e l'unica cosa che davvero contava era l'umiliazione?

È solo una questione di attenzioni?

Non riuscii a vedere Federico per tutta la settimana. Emanuele si era preso qualche giorno di permesso per trascorrere un po' di tempo con la sorella. Io cercavo di non farmi coinvolgere. Non l'avevo mai amata, come tutti del resto, anche se adesso le cose sembravano cambiate. La vittima era Marzia. Il tradimento subìto era diventato decisamente più importante di tutti i maltrattamenti che aveva imposto al marito. Nessuno si azzardava a dire la verità: che lui aveva fatto bene, peccato non lo avesse fatto prima.

La posizione che comprendevo meno era quella di Emanuele. Era realmente scosso. Una sera, dopo aver finito di cenare, si era seduto sul divano accanto a mia madre per condividere il suo pensiero. Li osservavo. Lei gli teneva una mano tra le sue e gli parlava come se fosse un prete, lui la ascoltava.

Parlavano di matrimonio come unione sacra e di come fosse fondamentale salvarlo.

Mentre evitavo di esprimere la mia opinione per ovvie ragioni, mio marito mi strinse una mano e, fissandomi negli occhi, ripeté una frase di mamma: «Il matrimonio è sacro». Per un attimo, immaginai addirittura che fosse il suo modo per dirmi che la sua relazione extraconiugale era terminata. Da quando Federico era entrato nella mia vita, avevo smesso di seguire mio marito e di interessarmi a lui.

Già, il matrimonio è sacro.

Non desideravo altro che tornare alla normalità, con Emanuele fuori per lavoro due sere su cinque. Avevo voglia di chiamare Federico, ma nello stesso tempo avrei preferito che lo facesse lui. Un po' tradizionale, ma rassicurante.

Optai per inviargli un messaggio.

Come stai? scrissi. Era generico e allo stesso tempo preciso.

Attesi con ansia.

Nessuna risposta immediata. Iniziai a innervosirmi. Ricevetti un paio di telefonate di lavoro che cercai di far durare il meno possibile perché non tenessero la linea occupata.

Ti va di cenare insieme stasera? mi rispose infine.

Il cuore si alleggerì. Sorrisi guardando lo schermo. Pensai di aspettare un po' a rispondere, ma non resistetti molto.

Sì.

* * *

Andammo nello stesso ristorante dove avevamo pranzato la volta precedente. Era abbastanza fuori mano, ed essendoci già stati ci rendeva più tranquilli.

Ci incontrammo nel parcheggio. Lui era già lì. Avrei avuto un migliaio di domande da fargli. Dov'era sua moglie? Quale scusa aveva inventato? Perché lo faceva? Non chiesi nulla. Le risposte le avevo tutte in casa, alcune le producevo io.

Ci sedemmo, e per fortuna lui ordinò subito un ottimo vino bianco ghiacciato che mi aiutò a rilassarmi.

«Scusa se non mi sono fatto sentire troppo in questa settimana, ma ieri mia moglie è andata in montagna con i ragazzi e la settimana scorsa è stata dedicata ai preparativi. Ero in cantina a fare la caccia al tesoro per trovare le loro cose.»

«La montagna, che bello!» esclamai. Non l'avevo mai amata come in quel momento. «E quanto si fermano?»

«Non lo so. La scuola è finita, quindi credo che staranno su fino ad agosto. Io andrò avanti e indietro.»

Mi vennero i brividi e ne fui felice allo stesso istante.

Mi ricordai la mia infanzia. Io, mamma e poi anche Ilaria venivamo parcheggiate sopra i mille metri con la scusa dell'aria fresca e del togliersi dalla città afosa e trafficata, mentre mio padre rimaneva qui, tutto solo. Scrollai la testa. Mio padre non era il tipo.

* * *

«Voi avete programmato le ferie?» mi chiese.

Ancora quel disagio. Come poteva essere naturale chiedere alla propria amante quando sarebbe andata in ferie con il marito?

«Non ne abbiamo ancora parlato. Sicuramente ad agosto. Anche se quest'anno non so come andranno le cose...»

Lui non rispose. Non colse la provocazione e continuò a mangiare.

Quella notte accadde qualcosa. Mentre dormivamo in un piccolo hotel sulla spiaggia vicino al ristorante in cui avevamo cenato, ed Emanuele era lontano per lavoro, il nostro telefono di casa squillò nel cuore della notte.

Marzia ci voleva avvertire che sua madre era stata ricoverata d'urgenza e che le speranze erano poche.

Mia suocera sarebbe morta per un attacco cardiaco il mattino dopo. La vibrazione del cellulare mi svegliò. Era buio e ci misi un po' a comprendere dove mi trovassi. Mi avventai sulla borsa e vidi il nome di mio marito lampeggiare tenace sotto ai miei occhi.

«Giulia, dove sei? Ho provato a casa ma non rispondevi.»

«Ma cosa succede?»

«Mia madre è in ospedale. Io cerco di prendere il primo volo per rientrare. Ma tu dove sei?»

Impiegai qualche secondo per farmi venire una buona idea.

«Da mia madre. Ieri sera ho mangiato e bevuto troppo e mi sono fermata qui», ribattei, con la speranza che fosse credibile.

«La stavo per chiamare. Avvertila tu...»

«Certo.»

«A dopo.»

«Emanuele?»

«Cosa?»

«Andrà tutto bene.»

«Lo spero, Giulia. È la mia mamma.»

Il cuore mi si rimpiccioli. Mi voltai, vidi la sagoma di Federico e i suoi occhi che mi spiavano nel buio. Allungò una mano sulla mia spalla come a volermi confortare, non so se per la bugia atroce che avevo detto o per la perdita che stavamo subendo.

Appoggiai la guancia sulle sue dita e afferrai i miei vestiti. In bagno ripresi il cellulare e chiamai mia madre.

«Pronto», rispose lei assonnata.

«Mamma, sono io.»

«Giulia, santo cielo, che succede?»

«Hanno ricoverato la mamma di Emanuele poco fa. Sto andando in ospedale.»

«Sveglio tuo padre e arriviamo subito.»

«Mamma?»

«Dimmi.»

«Ti devo chiedere una cortesia immensa.» Anche se avrei dovuto solo dirle che era arrivato il momento di saldare parte di quel debito che lei aveva con me da moltissimi anni.

«Cosa, tesoro?»

«Ecco, vedi... è un po' difficile da spiegare al telefono, ma se qualcuno ti dovesse chiedere qualcosa, tu dovresti dire che stanotte ho dormito da te.»

Silenzio.

«Mamma? Mi hai sentita?» Silenzio.

«Mamma?»

«Ho capito, Giulia. Non ti preoccupare.» E interruppe la comunicazione.

La guerra può essere sociale, politica o armata. È sempre preceduta dalla tensione o da una crisi, mette in discussione i valori, la cultura e tutto quello che abbiamo costruito. Può essere lampo o durare trent'anni, ma in ogni caso ti obbliga ad avere una strategia o quantomeno un obiettivo ragionevole.

LA terza crisi arrivò quando, qualche anno dopo il mio matrimonio, rimasi incinta. Fu una sensazione strana. Passai un intero pomeriggio chiusa in bagno a piangere. Respiravo a fatica e singhiozzavo. Evitai di inalare il broncodilatatore e cercai di non perdere il controllo. Continuavo a fantasticare su come riuscire a portare a termine la gravidanza senza che nessuno lo sapesse. Senza che mia madre lo sapesse, ovviamente. Questa volta sarei scappata solo per proteggerlo. Nessuno avrebbe toccato il mio bambino.

«Questa volta è diverso. Questa volta tu puoi essere madre!» mi ripetevo, perché c'era una grande differenza tra questa Giulia e la ragazzina di allora. Emanuele. Lui ci avrebbe protetto.

Le notti che seguirono furono infernali. Facevo sempre lo stesso sogno. Ero chiusa in una stanza, legata mani e piedi a un letto di metallo e, quando l'unica porta si apriva, faceva il suo ingresso un uomo senza volto che mi diceva che tutto sarebbe finito in fretta, che avrei sentito solo un po' male ma che lui mi avrebbe aiutata. Poi iniziava a incidere con un bisturi la mia pancia. Faceva un grosso cerchio tutto intorno e si prendeva il bambino. Io urlavo e mi svegliavo sudata. Sentivo il respiro venire a mancarmi, così mi portavo il cuscino dietro la schiena e provavo a respirare lentamente, aprivo la bocca come se volessi bere da una cannuccia e inspiravo ed espiravo, cercando di immagazzinare sempre più aria, portando il diaframma in alto. A poco a poco, sentivo l'aria fluire dolcemente e inondare i polmoni fino ad arrivare alla testa, regalandomi un senso di pienezza e di benessere. Così come mi aveva insegnato a fare mamma quando eravamo a Londra.

Dopo qualche giorno, Emanuele organizzò una cena in uno dei ristoranti di mia madre, il migliore dei tre, per annunciare a tutti il lieto evento. Colpì il bicchiere di cristallo che aveva davanti con il coltello per attirare l'attenzione di tutti e disse di avere una cosa importante da comunicare.

Gli sguardi dei nostri parenti cambiarono uno a uno. Tranne quello di mamma, che non aveva smesso di sorridere come se fosse già a conoscenza di quello che stava accadendo dentro di me.

«Diventerò papà! Giulia, ti amo!»

Un applauso. L'abbraccio di mio marito mi fece sentire protetta in una bolla di gioia dove potermi godere la gravidanza.

Mamma ordinò il migliore degli champagne e lo

fece servire a tutti, tranne che a me. Poi si avvicinò e mi abbracciò con affetto.

«Sono così felice per voi. Finalmente avrò un nipote!»

«Tu hai già un nipote», sussurrai tra i suoi capelli che sapevano di lacca e vaniglia.

«Non dire sciocchezze, tesoro. Ora è tutto diverso. Andrà bene, vedrai, me lo sento...»

Due settimane dopo, abortii. Era una giornata calda e afosa, fu anche la peggiore della mia vita.

Mi sentivo bene ed ero andata a fare la spesa. Una volta rientrata a casa, avevo fatto quello che mio marito mi raccomandava sempre. Portare i pesi più leggeri uno alla volta e lasciare quelli pesanti in auto: li avrebbe recuperati lui. Appoggiai il primo sacchetto in salotto e tornai fuori. Pochi secondi dopo, ero seduta sulle scale con un forte dolore alla schiena. Non so come, ero scivolata sui gradini di marmo. Avevo picchiato la testa e tutto era diventato buio. Le braccia della vicina mi avvolsero, mi toccai la pancia e guardai in mezzo alle gambe, sembrava tutto a posto. Rassicurai tutti e rientrai a casa. Rimasi immobile sul divano per ore a fissare il soffitto, concentrata su ogni movimento interno del mio corpo.

Non dovevo assopirmi, non dovevo abbassare la guardia. Una fitta nel basso ventre mi riportò alla realtà come una secchiata d'acqua gelata. Appoggiai i piedi a terra. Arrivò un altro di quei colpi violenti. Poi guardai il pavimento. Ero in un lago di sangue.

Quando poco dopo, forse vittima di un presagio,

Emanuele entrò in casa, mi trovò lì tra sangue e disperazione. Lo vidi correre, afferrare il telefono, prendere degli asciugamani e stringermi la mano. Ci fissammo per un attimo. Le sue pupille tremavano dietro un velo di lacrime.

«Non ce la farò mai», mormorai esausta. «Io devo essere punita.»

«Non dire queste cose. Appena starai meglio ci riproveremo. Tu sarai la mamma più fantastica del mondo. Ne sono certo!»

Era l'unica cosa di cui ero sicura. Lui c'era.

La notizia scivolò tra le labbra dei parenti come un segreto. Dalle stesse labbra che avevano assaporato lo champagne. Nessuno si avvicinò a me per settimane. Non si vuole mai toccare il dolore altrui.

Non riuscivo a togliermi dalla testa che quella fosse la mia punizione. Nessun essere divino mi avrebbe mai consegnato un altro figlio perché, per quanto tu sia brava a nascondere la verità, difficilmente potrai sfuggirle.

«Voglio trovare mio figlio!» dissi a mia madre, qualche giorno dopo l'aborto.

«Sei ancora sconvolta!»

«Non ti rendi conto, mamma? Non potrò mai essere una madre se non riesco a perdonarmi.»

Lei si voltò verso di me. Mi afferrò per le braccia e mi disse: «Non hai nulla da farti perdonare. Se mai, dovrebbero darti un premio. Tu, quel giorno, hai fatto una scelta generosa e altruista».

«Generosa e altruista? Allora perché non riesco ad andare avanti?»

«Ma lo vedi cosa hai fatto? Hai un marito e un matrimonio meravigliosi. Pensi che sarebbero andate così le cose? Che avresti trovato qualcuno che si sarebbe occupato di te e di un bambino non suo? Ora saresti sola.»

«Non sarei mai sola. Non più di così.»

«Hai bisogno di riposare.»

«Soltanto tu mi puoi aiutare.»

«Sei ancora giovane. Tu ed Emanuele avrete tutti i bambini che vorrete. Devi solo riprenderti. Non pensarci, e magari fatevi una bella vacanza.»

Certo. Una bella vacanza sistema tutto. Lo dicono anche gli esperti.

Basta spostarsi di pochi passi per osservare qualcosa in modo totalmente differente.

Quella notte scappai dall'hotel nel quale avevo dormito con Federico e corsi a casa per cambiarmi. Tolsi l'abito nero scollato e mi infilai un paio di pantaloni e una camicia bianca. Riposi il vestito nell'armadio come se non ne fosse mai uscito e mi precipitai in ospedale.

Quando arrivai, mia madre era già lì. Erano tutti in attesa di ricevere notizie rassicuranti sulle condizioni di salute di mia suocera. Mi avvicinai. Marzia mi abbracciò piangendo. Quando mi voltai verso mia madre, la vidi mentre tentava di raccontare qualcosa di incredibilmente reale.

«Quando stanotte Giulia mi ha svegliata, mi è preso un colpo. Non sono più abituata ad averla a dormire a casa. Così mi ha spaventata. Siamo corsi subito...»

Era perfetta. Parlava senza guardarmi. Era credibile senza bisogno della mia approvazione o del mio sostegno. Era mia madre.

In breve tempo, arrivò la brutta notizia. Tutti ci stringemmo intorno al dolore di Marzia e le mie bugie sembrarono ancora più penose.

Poco dopo sentimmo i passi rumorosi di Emanuele. Gli bastò fissarci in volto per capire. Sua sorella gli corse incontro e gli buttò le braccia al collo piangendo. Lui mi guardò oltre la sua spalla, voleva avere da me la conferma di quello che temeva. Io annuii e lo guardai chiudere gli occhi per cercare di non perdere l'equilibrio o di trovare uno spazio tutto suo.

Mi avvicinai e feci quello che dovevo. In quei pochi centimetri che ci separavano, tornai a essere sua moglie.

«Giulia, la mamma è morta», mi sussurrò appena riuscii ad abbracciarlo.

Io lo strinsi.

«Giulia, io non l'ho salutata.»

Lo strinsi ancora più forte.

Poi le sue lacrime di uomo e di figlio.

La morte non si prende solo qualcuno, la morte spesso ci porta via molte possibilità. Quella di chiedere scusa, di guardare indietro e di pentirci.

126

Marzia ed Emanuele entrarono nella stanza in cui avevano sistemato mia suocera. Io li accompagnai, poi decisi di lasciarli un po' da soli con lei.

Quando tornai in corridoio, mia madre era sparita. Alzando lo sguardo, vidi mio padre entrare in ascensore. Corsi per bloccare la chiusura delle porte, senza riuscirci. Dovevo parlarle. Mi voltai e cercai le scale. Iniziai a scendere di corsa. Un piano dopo l'altro fino in fondo. Poi lungo il corridoio verso l'uscita. Mia madre camminava decisa tenendo la mano sul gomito di papà.

«Mamma, aspetta.»

Si fermarono.

Mio padre sorrise.

«Caro, vai a prendere la macchina, ci vediamo qua fuori. Io parlo un attimo con Giulia.»

Lui obbedì e io ripresi fiato.

«Non dovresti correre così. Ti viene l'asma», mi disse ascoltando un leggero fischio tra i miei respiri.

«Volevo spiegarti di stanotte.»

«Davvero, Giulia? Vuoi darmi delle spiegazioni?»

«La verità è che...»

«Non aggiungere altro, cara! Ti chiedo solo una cosa. Non ci mettere in imbarazzo.»

E mentre le sue parole mi volavano addosso, si voltò per conquistare l'uscita.

Rimasi immobile per non so quanto tempo.

Le persone mi passavano davanti, dietro e di fianco senza toccarmi. Strinsi i pugni e mi accorsi che sarei stata capace di spaccare qualcosa, di rovesciare le sedie della sala d'attesa e i carrelli dei medicinali, di scagliarmi con rabbia su qualcuno e picchiarlo violentemente o di urlare con tutto il fiato che avevo in corpo vincendo la mia natura. Ma non sarei mai riuscita a correrle dietro.

La rabbia è come la crescita. Arriva a strappi.

Non riuscivo a smettere di pensare a mia madre. Mi sembrava di incrociare il suo sguardo negli occhi di chiunque incontrassi. Severo e inquisitorio.

Avevo informato Federico dell'accaduto e per qualche giorno tornammo in silenzio stampa.

Il giorno del funerale scoprii che mia suocera conosceva un sacco di persone. La chiesa era piena e non mancarono momenti di imbarazzo pubblico quando Daniele attraversò la navata per sedersi qualche fila più indietro rispetto alla famiglia. Si era escluso da solo, non voleva farsi cacciare ma ci voleva essere. Provai ammirazione per lui, forse lo invidiai proprio. Aveva cambiato la sua vita. Aveva rotto uno schema e si era assunto le sue responsabilità. Adesso era lì con tutti gli sguardi addosso, criticato e biasimato, ma entro poche ore si sarebbe rifugiato in un guscio di serenità che rappresentava il resto della sua vita e, per quanto il rumore di quegli sguardi fosse assordante, la verità era che, nonostante quel momento fosse difficile, non sarebbe mai tornato indietro e io lo comprendevo perfettamente.

Poi il disagio divenne privato. Mentre uscivamo dalla chiesa seguendo il feretro, la scorsi. Seduta in ultima fila, silenziosa e triste, c'era lei. L'amante di Emanuele. Mi ero quasi dimenticata della sua esistenza tanto ero presa della mia. Ci guardammo negli occhi, e quella che abbassò lo sguardo per prima non fu lei. Mi voltai verso Emanuele e lo vidi farle un cenno con il capo, un sorriso spezzato e addolorato, un grazie di essere qui in questo momento difficile. Istintivamente infilai una mano sotto il suo braccio e lo strinsi a me. Era mio marito e stava vivendo un dolore immenso. Mia madre annuì accondiscendente e ci lasciò passare. In un colpo solo ne avevo stese due.

«Giulia.»

Mi voltai e vidi Daniele.

La folla si era stretta intorno ai figli per le condoglianze.

«Daniele!»

«Come stai?» mi chiese.

«Tu come stai?» risposi un po' ironica.

«Se ti dico bene inizierai a odiarmi anche tu?»

«No, credo che ti invidierei.»

«Non è il caso che io mi avvicini a Marzia. Sono venuto solo per vedere Ricky. Da quando sono andato via di casa, non me lo fa più incontrare.»

Rimasi di stucco. Ecco servito il conto. Piuttosto

salato. Marzia, il giorno del funerale di sua madre, aveva lasciato il figlio con una baby sitter per evitare che vedesse suo padre?

«Tu puoi aiutarmi?»

«Vuoi che le parli?»

«Pensi davvero che ti ascolterà?»

«No, non credo.»

«Puoi farti lasciare Ricky qualche ora e portarlo al parco. Voglio solo vederlo un po'.»

Mio nipote aveva quasi tre anni e io non lo avevo mai preso in braccio. Marzia avrebbe sospettato un mio avvicinamento? Forse in un momento così difficile si sarebbe sentita sollevata, e io potevo utilizzare la scusa del nipote per incontrare Federico.

«Ci proverò», dissi a quel padre bisognoso, e mi feci schifo da sola.

Tornai da mio marito chiedendomi se l'accordo con Daniele fosse una via d'uscita o semplicemente un altro guaio.

Marzia, che nonostante il dolore, le condoglianze e le direttive da impartire non si era lasciata sfuggire il mio dialogo con Daniele, mi si avvicinò subito: «Cosa voleva?»

«Nulla, soltanto fare le sue condoglianze.»

«Che coraggio! Presentarsi così! Per fortuna non ha portato anche quell'altra. Non gli basta quello che mi ha fatto. Ma me la pagherà, vedrai.»

Mia cognata si girò verso gli altri parenti e si allontanò da me, lasciandomi lì a decifrare tutta quella rabbia, quella che io non avevo. Così mi guardai intorno alla ricerca della bionda, accorgendomi che era sparita. Emanuele era al centro della piazza, circondato dall'affetto dei conoscenti, mentre lei non si era nemmeno avvicinata a lui. Aveva partecipato da lontano. Aveva osservato il decalogo della perfetta amante. Lo stesso che cercavo di seguire anch'io. Pensai a Federico. Mi sarei avvicinata così tanto alla sua famiglia in un momento di dolore? Ora certamente no, tra qualche tempo sicuramente sì.

«Giulia, andiamo!»

Mia madre mi richiamò all'ordine. «Perché parlavi con Daniele?»

«Voleva avere notizie di Ricky», risposi.

«Non ti intromettere.»

«Ma è suo padre...»

«Lo era anche quando ha deciso di mandare all'aria il suo matrimonio.»

La guardai negli occhi. «Ma è suo padre.»

«I bambini sono i primi a pagare le conseguenze delle nostre azioni», mi disse, perentoria e dura.

«Strano, credevo che foste voi genitori!» sbottai allontanandomi dal suo fuoco.

Nel pomeriggio, dopo essere stati tutti al cimitero a dare l'ultimo saluto alla madre di Emanuele, ci radunammo a casa dei miei genitori.

Mamma preparò un tè e servì dei pasticcini che nessuno toccò. Ilaria si mise a strimpellare una sonata triste al pianoforte, poi si alzò e, con un modo tutto suo, annunciò: «Scusate, io vado a ripassare perché domani ho un esame all'università», sottolineando così che, c'è poco da fare, la vita continua.

Poco dopo mi avvicinai a Marzia.

«Cosa ne pensi se domani porto Ricky a fare un giro?» le chiesi.

Lei appoggiò la tazza di tè che aveva in mano e mi guardò interrogativa. Avrebbe voluto chiedermi il perché, da quando avevo iniziato a interessarmi a mio nipote o altre cose simili, ma si limitò a sorridermi e a dire: «Perché no? Io ne posso approfittare per sistemare le cose di mamma insieme a Emanuele. Ci sentiamo domani mattina».

Mi voltai, mia madre era esattamente davanti a me. Immobile come una statua, mi fissava priva di espressione.

«Mamma, non ti senti bene?»

«Io sto benissimo, cara. E tu?»

«Un po' scossa e dispiaciuta. Maria era una donna adorabile, praticamente una seconda mamma per me», la freddai con le uniche armi che potevo usare.

Poco dopo mi raggiunse in cucina. «Che intenzioni hai?»

«Mamma, ti prego.»

«Ti ho detto di non intrometterti nei fatti altrui. Se Marzia viene a sapere che farai vedere il figlio a quello stronzo...»

Si bloccò su quell'espressione che tradiva ampiamente il suo pensiero, poi riprese con maggiore contegno.

«Stanne alla larga!» comandò.

Mi sembrava di soffocare. Non potevo sbagliare senza il suo permesso ma nemmeno fare qualcosa che ritenevo giusto senza la sua approvazione.

«Vuoi la verità, mamma?»

«Cosa vuoi dire?»

Mi avvicinai per abbracciarla e, quando le mie labbra furono a un centimetro dal suo orecchio, mormorai: «Lascerò Ricky con suo padre e ne approfitterò per vedere il mio amante. Mentre loro giocheranno con la sabbia, noi andremo a scopare in un motel!» Provai uno strano piacere.

Mamma si irrigidì tra le mie braccia come se l'avesse morsa un serpente.

«Va tutto bene qui?» la voce di papà mi permise di allontanarmi.

«Sì, stavo solo dicendo alla mamma quanto le voglio bene e come sarebbe doloroso per me perderla. Sai, non lo faccio mai!»

Mio padre sorrise.

«Ne voglio tanto anche a te, papà», conclusi prima di uscire.

«Giulia è speciale!» disse lui lusingato.

134

«La definirei sorprendente», ribatté lei senza tradire nessuna emozione, nemmeno il disgusto.

Non c'è nulla da fare. Per quanto sia intenso il nostro dolore e profonda la ferita, avremo sempre una sola convinzione. Che esista un solo modo di agire: il nostro.

QUELLA notte non riuscii a dormire. Stavo male. Malissimo. Era tutto sbagliato. Avevo voglia di vedere Federico e, allo stesso tempo, avrei voluto trovare la forza di mandarlo via così da poter urlare al mondo intero che mi stava osservando: «Eccovi serviti! Io rinuncio al mio grande amore un'altra volta solo per farvi felici. Io non sono una sgualdrina...» Poi gli occhi di mamma su di me, e ancora la voglia di distruggere tutto.

Emanuele si era addormentato sul divano. Quando eravamo rientrati si era accasciato tra i cuscini e aveva iniziato a singhiozzare. Il suo strazio nel nostro silenzio.

Mi ero seduta accanto a lui e gli avevo lasciato appoggiare la testa sulle mie gambe. Non riuscivo a non chiedermi cosa significasse quello che provava e come avrei reagito io nel momento inevitabile in cui mi fossi trovata al suo posto. Mamma si sarebbe portata via tutte le cose non dette e io le avrei piante per sempre.

* * *

Il giorno dopo accompagnai Emanuele a casa di sua madre, dove avevamo appuntamento con Marzia.

«È arrivata la zia!» esclamò lei con la speranza che Ricky mi riconoscesse.

Io lo presi in braccio e gli dedicai un po' di tempo mentre loro discutevano di cose orrende: dove mettere i vestiti, gli effetti personali o cosa fare dei suoi gioielli.

Li guardavo spostare le cose della madre, e l'unica immagine che mi veniva in mente era la morte. A come sei costretto ad andartene, e che la maggior parte delle questioni per cui durante la vita ti sei incazzato avranno ben poco conto quando sarai seppellito sotto metri di terra o arso insieme alla tua bara. Chissà se mia madre ci aveva mai pensato. Forse no. Forse era eterna. Una parte di lei di sicuro.

Guardai l'orologio e dissi: «Io e Ricky andiamo a farci un giro. Andiamo a prendere un gelato!»

«Ricky è allergico al latte!» tuonò Marzia.

«Scusa, l'avevo dimenticato. Niente gelato.»

«Se ha fame dagli questi.»

Marzia mi allungò un pacchetto di biscotti dietetici.

«Certo. Stai tranquilla, andiamo a giocare al parco, così voi potete lavorare tranquilli. Quando abbiamo finito te lo porto a casa.»

* * *

Il piano era perfetto. Avrei incontrato Daniele al parco e gli avrei mollato il figlio. Sarei corsa da Federico e sarei tornata a riprenderlo più tardi. Se il bambino avesse nominato il padre, avrei adottato una scusa qualsiasi, per esempio che era malinconico.

Quando arrivai, trovai Daniele al settimo cielo. Ci mettemmo d'accordo e, prima di andarmene, dissi: «È allergico al latte».

Lui mi guardò attonito. «Lo so. È mio figlio!»

«Già, scusa. Per qualsiasi cosa tieni acceso il telefono.»

Finalmente tornavo a respirare la mia aria.

Federico mi aspettava al solito posto. Il parcheggio vicino alla passeggiata appena fuori città. Le nostre parole si persero tra le labbra. Rimanemmo chiusi in auto a baciarci come due adolescenti. Non avevamo molto tempo e fuori era troppo chiaro. Troppo pericoloso.

Appoggiai la testa sulla sua spalla e chiusi gli occhi. Le nostre mani si cercavano e la musica ci raccontava qualcosa di bellissimo.

«Dovremmo prenderci una casa...»

«Cosa?» risposi.

«Una piccola, qui vicino. Di quelle estive che d'inverno nessuno vuole. Possiamo strappare un buon prezzo se la teniamo tutto l'anno. Siamo troppo vecchi per continuare a vederci in auto e gli hotel sono così squallidi...»

«Sì», mormorai.

La maggior parte degli errori che compiamo sono consapevoli.

L'avremmo trovata qualche settimana dopo. Avevamo telefonato a una signora che aveva messo un annuncio su internet. La casa si sarebbe liberata a metà settembre. Avremmo aspettato. Avremmo pagato una cifra favorevole e sarebbe stata nostra fino a giugno. Non aveva senso fare progetti più lunghi. Pagamento in contanti ogni tre mesi. Era perfetto.

Quella sera corsi a recuperare mio nipote e lo riportai a casa. Ero felice e lo era anche lui. Durante la strada verso casa cantammo. O almeno lo feci io. Lui mi guardava assonnato. Poi lo presi in braccio e lo consegnai a Marzia.

Per fortuna, quando arrivammo a casa, Ricky dormiva profondamente, levandomi da molti imbarazzi.

«Grazie, Giulia. Sei stata un angelo oggi.»

«Non c'è di che. L'ho fatto volentieri. È un bambino adorabile.»

Ci vollero una decina di giorni per tornare alla normalità. Gli aerei di Emanuele e i miei impegni di lavoro si erano stabilizzati. Mia madre ci invitava a cena tutti i martedì sera, come faceva sempre. Tutto aveva un che di rassicurante. Io salutavo mio marito il mercoledì mattina e lo riaccoglievo il venerdì sera. Dove andasse realmente in quei tre giorni sembrava non essere affar mio. Era il suo lavoro. Era perfetto per me. Io e Federico avevamo un appuntamento per firmare il contratto d'affitto con la signora gentile che mi aveva risposto al telefono. Avevo prelevato i soldi un po' alla volta e una sera, a casa, avevo ruggito, scocciata, che in quel mese si sarebbero sposati un paio di clienti importanti e io avrei dovuto comprar loro un bel regalo. Anzi due.

Stavo diventando impeccabile.

Quel mercoledì pomeriggio mi incontrai con Federico al solito posto. Quando salii nella sua auto ero al settimo cielo. Lui no.

«Stiamo correndo troppo», mi disse.

«Non rovinare tutto, ti prego.»

«Ho una famiglia...»

«Anch'io ma...»

«Io ho dei figli.»

Eccolo lì, il colpo basso. Lo avevo anch'io un figlio e lo avrei voluto urlare al cielo. Ma lui era trasparente, aveva sempre le sembianze di un neonato e, nonostante piangesse nella mia testa tutte le notti, nessuno gli credeva. Ma soprattutto aveva stretto una parte di me con così tanta forza che se l'era portata via quando se n'era andato. Per questo ero finita lì, perché in vita mia non riuscivo mai a tornare indietro.

«Vuoi interrompere?» chiesi.

«No, ho solo bisogno di un po' più di tempo.»

«Cosa vuoi che faccia? Chiamo la signora? Rimando o annullo l'appuntamento?»

«Giulia, tu sei la cosa più eccitante che mi sia mai capitata e non ti voglio perdere, ma non posso non pensare a quello che sto facendo.»

«Sai qual è la differenza tra me e te? Che tu mi trovi eccitante, mentre io ti amo.»

Scesi di corsa e lo lasciai lì. Salii sulla mia auto e cercai di mettere in moto il più velocemente possibile, prima che le lacrime mi riempissero il viso, prima che fosse troppo tardi.

* * *

Mi sentivo stupida. Dove pensavo di arrivare? Prendermi il meglio del mio matrimonio e del matrimonio di un'altra? O mi sarei accontentata di essere un'ospite in entrambe le relazioni?

Sulla via del ritorno mi domandavo chi fossero le persone che vivevano nelle case davanti alle quali sfrecciavo.

«C'è qualcun altro che capisce come mi sento?» urlai mettendo la testa fuori dal finestrino e schiacciando l'acceleratore.

Il mio cellulare suonò e sperai con tutta me stessa che fosse lui. Era l'altro, mio marito, che mi informava dei suoi spostamenti, veri o finti che fossero.

Parcheggiai sotto casa e mi trovai mia madre davanti.

«Cosa ci fai qui?»

«Voglio parlarti.»

«E se non fossi tornata? Saresti stata qui tutta la notte?»

«Perché mai non saresti dovuta rientrare?»

Mia madre non abbassava la guardia. I suoi occhi cercavano i miei, costanti e instancabili.

«Sono io che non ho voglia di parlare con te...»

«Mi dispiace, ma non sei nella posizione di dettare condizioni.»

«Davvero non posso? Ne sei proprio sicura?»

«Saliamo in casa!»

«Non ora, mamma, ti prego. È stata una serata molto difficile e ho voglia di rimanere sola.»

«Vi siete lasciati?»

La fissai con odio. Possibile che l'avesse intuito? Che lo intuisse sempre?

«Mi hai seguita?»

«No, ma non ci vuole un genio per capirlo. Guardati.» Mi afferrò per le spalle e mi fece specchiare nella vetrata del portone di casa mia.

Ero lì. Distrutta. La camicia fuori dalla gonna, i capelli arruffati e il dolore disegnato dappertutto.

«Ora saliamo», mi ordinò di nuovo, e questa volta la seguii come se fossi ammaestrata.

«Mi dispiace per la tua avventura.»

«Non è stata un'avventura!»

«Ah no? Allora mi dispiace per la tua storia d'amore. Adesso capisci cosa intendo quando dico che è sempre meglio stare lontana dai guai.»

«Tu lo dici per altre ragioni. Perché non vuoi che la gente sparli e che la tua immagine cristallina si opacizzi.»

«No, lo dico perché mi fa male vederti ridotta così!»

«Mi riprenderò.»

«Quanto sei sciocca, figlia mia. L'amore fa più male di una coltellata e sicuramente lascia la stessa cicatrice.»

Per un attimo non sembrò più lei.

«Da quanto tempo vi vedete? Da sei mesi?»

«Come fai a saperlo? Mi hai pedinata?»

«Non è stato necessario. Sei mia figlia. Conosco il significato di ogni tua espressione, di ogni tua parola, di ogni tuo pensiero.»

«Mi fai paura...»

«Dovresti farti spaventare da altre cose, non certo da me.»

«La tua ipocrisia non ha limiti.»

«La mia? Chi era a fornicare con l'amante la notte in cui hanno avvertito tuo marito del ricovero della madre?»

«Non potevo saperlo.»

«Questa risposta ti fa onore, complimenti.»

«Cos'altro vuoi da me, mamma?»

«Voglio che tu smetta di vedere quell'uomo, chiunque sia, altrimenti...»

«Altrimenti cosa?»

«Prenderò provvedimenti.»

«Cosa vorresti fare? Seguirlo? Minacciarlo? Pagarlo? O magari ucciderlo? Hai studiato anche il delitto perfetto o pensi di ingaggiare un sicario che faccia il lavoro sporco mentre tu sorseggi un Martini sulla terrazza?»

«Sei patetica. Non credevo fossi a questo punto. Ti sei innamorata.»

«Tu non sai nulla di quello che provo, almeno questo lascialo a me.»

«So che ti farai del male, che lo farai a Emanuele e che non otterrai nulla. Interrompi questa relazione prima di fare altre vittime.»

«Ti ho detto che si è appena interrotta.»

Mia madre percepì il mio disagio nel pronunciare quelle parole.

«Si è tirato indietro?»

«E se l'avessi fatto io? Se avessi preso in mano la mia vita?»

«Tu non l'avresti mai fatto. Sono gli altri che scelgono per te.»

«Come hai sempre fatto tu?»

«Ho solo fatto la cosa migliore per impedirti di rovinarti la vita.»

«La mia o la tua, di vita, hai portato in salvo, mamma? Di cosa avevi paura? Che non ti avrebbero mai più fatta entrare in chiesa o che non avresti più potuto invitare il tuo amico cardinale a cena per farti spillare un bel po' di soldi?»

«Non essere sciocca! Hai mai pensato alle conseguenze se non fossi intervenuta?»

«Ci penso ogni giorno...»

«Non avresti avuto tutto questo. Eri troppo giovane. Non avresti mai potuto incontrare quell'angelo di Emanuele.»

«Angelo? Lo chiami addirittura *angelo*? Era soltanto uno ricco che aveva voglia di lavorare.»

«E ti sembra poco? Guarda come vivete. Pensi che ce l'avresti fatta da sola?»

«Ho sposato l'uomo che volevi.»

«Te lo sei scelta da sola. È stato l'unico momento in cui ti ho vista ragionare.»

«Avevo semplicemente capito cosa dovevo fare.»

«È stata la cosa migliore che potesse capitarti.»

«Certo che lo era. Piaceva a te, questo mi permetteva di respirare e di andarmene da casa. Tu mi soffocavi!»

Si irrigidì e tolse lo sguardo da me come se non volesse dare peso a quello che avevo detto.

«Fammi indovinare. Quello con cui ti vedi è sposato con figli e si è spaventato delle conseguenze. Cosa alla quale tu non avevi minimamente pensato.»

«Comunque sia andata, non sono affari tuoi.»

«Ho ragione. Mi dispiace, ma è la cosa migliore.»

«Hai sentito quello che ho detto? Non sono affari tuoi. Sono abbastanza grande per poter fare quello che voglio della mia vita.»

«No, non lo sei, perché non sei sola al mondo e non vivi su un'isola deserta. Essere adulti significa assumersi delle responsabilità nei confronti di chi ti sta vicino.»

«Come hai fatto tu quando mi hai obbligata a dare via mio figlio? Ti sei assunta le tue responsabilità nei confronti di chi ti stava accanto o ti sei semplicemente tolta dall'imbarazzo?»

«Cosa credi? Che sia stato facile per me fare la cosa giusta?»

«Che stronza che sei.»

«Non ti permettere di parlarmi così, sono tua madre. Io ti ho tolta dai guai perché tu non sai fare altro che infilarti in situazioni sconvenienti.»

«Non è colpa mia se mi sono innamorata di un altro. Non era in programma. Non voglio fare male a nessuno ma...»

146

«Capisco perfettamente cosa vuoi dire, ma questo è il momento per dimostrare il tuo valore.»

«Capisci cosa dico? Dimostrare il mio valore? Sei così lontana da me che neanche te ne rendi conto, mamma.»

«Molto meno di quanto tu creda.»

«Cosa vuoi dire?»

«Che non vivo sulla luna e che sono stata giovane anch'io e i pericoli li conosco perfettamente, ma so anche che la soluzione esiste.»

«Fantastico! Questo cos'è? Il momento in cui la mia perfetta madre svela il suo segreto per riabilitare la sua perduta figlia? Che intenzioni hai, mamma? Inventerai una delle tue storie? Una di quelle che tiri fuori nel momento giusto per ribaltare la frittata, perché tutto quello che è stato non sembri più così ovvio, o stai solo cercando di regalarti un briciolo di umanità?»

«Mi sembra che le mie storie ti facciano comodo ogni tanto. Comunque io parlo perché ci sono passata prima di te.»

«Cosa? Non dire stronzate. Tu?»

«Sì, io. È passato molto tempo...»

«Oh mio Dio, mamma, ti prego...»

«Non te lo ricordi? Continuavi a chiedermi dove fosse tuo padre, e io inventavo scuse per la tua tranquillità.»

«E?»

«Il resto lo puoi immaginare.»

«Quanto vorrei sentirtelo dire.»

«Mi è successo quello che è successo a te, ma ho saputo resistere.»

Era al centro della stanza. Sembrava un'attrice che aspettava la chiusura del sipario e l'applauso del suo pubblico. Lo feci io. Applaudii.

«Brava, mamma, adesso sì che sei perfetta!»

Mi avvicinai alla porta di casa e, aprendola, le dissi: «Ora vorrei che tu te ne andassi da casa mia».

Prese la sua borsa e mi passò davanti. Sul pianerottolo si girò per guardarmi.

«Stai tranquilla, mamma, questa conversazione non è mai avvenuta!»

Poi le chiusi la porta in faccia.

La maternità non sempre arriva con il parto, con la luce e le cose giuste da fare. Spesso è nascosta nel luogo buio in cui seppelliamo la maggior parte dei nostri desideri.

QUELLA notte, la passai insieme ai miei pensieri, alla voglia di piangere e alla fatica di respirare che mi impediva di stare sdraiata. Mi ero agitata troppo e continuavo a portare alla bocca il mio inalatore.

Aspettai che fosse un'ora decente per telefonare alla proprietaria della casa sulla spiaggia. Le chiesi se potevo andare più tardi per portarle l'acconto e mi scusai per il disguido della sera prima. Non sapevo cosa stessi facendo, ma sentivo di volerlo fare. Avrei preso quella casa anche senza Federico, almeno per un po'. L'avrei usata come rifugio da tutto. Non c'era un vero perché, ma la possibilità di agire mi toglieva la malinconia.

Descrivere i nostri sentimenti, ecco una cosa difficile.

«Suo marito è appena stato qui. Vi siete mancati per poco», mi disse la signora appena me la trovai davanti.

«Mio marito?» Il fiato mi si spezzò in gola. Pensai a mia madre e a quello che poteva aver combinato.

«Sì, il signor Federico.» Mi vennero i brividi.

Scappai di corsa verso l'uscita e mi guardai intorno. Lo vidi da lontano, doveva essere lui. Non poteva essere nessun altro.

Correvo, consapevole che nulla accade per caso nella vita, e che tutti i fili annodati prima o poi trovano la propria via.

Sentivo l'aria fresca sulla faccia e pregavo che l'asma mi lasciasse in pace ancora per pochi passi.

Fu un attimo. Ci guardammo e capimmo perché eravamo lì, perché la vita ci aveva chiesto tanto, perché ci amavamo.

Ero così emozionata che non riuscivo a baciarlo e a respirare contemporaneamente.

Ci sedemmo su un muretto e ci fissammo negli occhi. Non c'era bisogno di dire altro.

Mi prese per mano come se fossimo una coppia qualunque, una di quelle vere, e ci incamminammo verso il parcheggio.

Ci baciammo ancora. Era la nostra conferma. Non era stata solo una follia, noi eravamo consapevoli di quello che stavamo facendo. Salimmo in auto per evitare di rimanere troppo esposti.

La felicità non è uno stato permanente. Arriva all'improvviso e si dissolve senza spiegazioni.

Rimanemmo lì, seduti l'uno accanto all'altra a guardare il mare. Mi assopii, perché la tensione della notte e le parole di mia madre mi avevano sfinita. Quando riaprii gli occhi, il sole era ancora alto e la luce filtrava attraverso il vetro. Mi massaggiai il collo indolenzito e mi voltai verso Federico che, seduto accanto a me, fissava l'orizzonte, le barche o chissà cos'altro, con le gambe divaricate e la camicia appena sbottonata. Sembrava che fosse arrivata l'estate in persona a darci il buongiorno. Mi rannicchiai su un fianco per guardarlo. Non avevo nessuna voglia di disturbarlo. Non desideravo nient'altro.

«Piccola», mormorò appena mi avvertì muovere. I suoi occhi sembravano ancora più verdi, così bagnati dalla luce del sole.

«Ciao», sussurrai.

«Ti sei addormentata.»

«Come un angelo», dissi in tono ironico cercando di stirarmi la schiena.

«Cosa vuoi fare oggi?»

«Oggi?»

«Sì, abbiamo tutto il pomeriggio. Possiamo andare in Francia o in montagna. Se partiamo adesso, possiamo cenare con una *fondue*.»

Era bello, bellissimo. Lui, la sua voce, quella voglia di sognare come se fossimo due adolescenti.

Non risposi. Lo guardai scendere e correre a prendere due caffè nel chiosco che avevano appena allestito sulla spiaggia. Era atletico e forte come quella giornata, mentre io mi sentivo strana, come se qualcuno non la smettesse di osservarmi.

Picchiò contro il vetro con le nocche perché aveva le mani occupate. Mi consegnò il mio caffè attraverso il finestrino e salì al suo posto.

«Allora, hai deciso? Oggi facciamo tutto quello che vuole la mia signora.»

Lo fissai senza rispondere.

«Allora? Non vorrai buttare una giornata così?»

«Ti prego, smettila!»

«Smettere cosa?»

«Di far finta che sia possibile.»

«Non sto facendo finta. Non so cosa accadrà, so solo che stamattina sono venuto qui senza nemmeno pensarci, ho affittato una casa che presto sarà nostra per un tempo determinato. Non so cosa significhi, non so nemmeno dove ho trovato il coraggio, perché se ci penso...»

Rimasi accanto a lui per diversi minuti. Il tempo passava, il telefono squillava e la mia vita trascorreva da qualche parte senza di me. Io ero lì, con lui. A tutto il resto avrei pensato domani.

Le cose cambiano e con loro anche le nostre priorità. Da adolescenti vogliamo essere amati, trovare l'anima gemella ed essere felici il più a lungo possibile. Poi cresciamo e ci accontentiamo di non sentirci soli, di condividere un progetto e goderci un po' di serenità.

QUANDO ci incontravamo nel nostro piccolo appartamento, amavamo stare abbracciati sul piccolo terrazzo
che dava sulla spiaggia. Accoccolati l'uno all'altra,
avvolti negli asciugamani ancora umidi a fissare un
orizzonte diverso ogni volta come se fossero i giorni
del nostro futuro. Guardavamo le barche ormeggiate
e i passi dei pescatori sui pontili.

Ci eravamo innamorati di nascosto, senza dirlo mai,
senza sentirlo vibrare nell'aria, solo dentro di noi.

Passavamo ore a parlare, mangiavamo agli orari più
assurdi e stappavamo soltanto vini buonissimi, molti
dei quali sottratti al ristorante di mamma. Respiravamo
aria mista al mare e all'amore.

Scendevamo in spiaggia quando la luce iniziava a
diminuire per sederci nel piccolo chiosco con i tavoli di
legno erosi dalla salsedine. Ci raccontavamo di tutto,
anche quello che non avremmo mai detto a nessun altro.
La nostra clandestinità rendeva tutto ammissibile, senza

giudizio. Poi ci baciavamo. Lunghi e interminabili baci come quelli che si davano una volta, da ragazzi, quando stavi ancora imparando.

Scandivo la mia settimana così. Una parte ero Giulia la moglie di Emanuele, la titolare di una piccola agenzia di comunicazione, l'altra ero Giulia la donna felice che si godeva ogni attimo e respiro, che fissava il mare e faceva sesso senza inibizioni. Due persone così diverse e così simili. Unite avrebbero creato la donna perfetta, peccato che io non ci riuscissi. Ero solo l'unione di due metà sbagliate.

La nostra casa al mare aveva le pareti colorate e veniva inondata di luce appena aprivi le finestre. Spesso ci passavo la pausa pranzo anche senza Federico. Mi piaceva rientrare a casa e vedere le sue tracce. Mi sdraiavo sul letto per cercare la sua presenza tra le lenzuola stropicciate. Salutavo la padrona di casa che abitava sopra di noi lasciandole credere che fossimo sposati.

«Mi saluti suo marito!»

«Certamente!» rispondevo tutta allegra e sorridente. Poi mi tiravo dietro il portone e mi preparavo ad attraversare il limbo che mi avrebbe riportata a casa, l'altra, quella ufficiale. Salivo in auto e guardavo il paesaggio cambiare. Il mare si allontanava e venivo risucchiata dai palazzi, dai locali affollati e i negozi alla moda. Lo facevo tutte le volte. Appena mi fermavo al primo semaforo, mi giravo verso il lunotto posteriore e cercavo di rapire fino all'ultimo angolo blu, come se fosse mio.

Scendevo dalla macchina, facevo l'altra spesa e salivo in ufficio tenendo ben stretti i sacchetti che rappresentavano il migliore degli alibi. Poi, la sera, mi trascinavo stanca nel mio salotto che tanto avevo amato, che prima di conoscere Federico aveva rappresentato la libertà. La mia. Mi accendevo una sigaretta, stappavo una bottiglia di vino e ne riempivo due bicchieri. Guardavo l'orologio e calcolavo il tempo che avevo per stare sola, per pensare e sognare, ridere e rivivere.

Emanuele entrava in casa. Appoggiava le chiavi, si allentava la cravatta, afferrava il suo bicchiere, mi baciava sulla fronte e si sdraiava sul divano. Stava in silenzio per un po' come se anche lui avesse bisogno di attraversare il suo limbo. Lo lasciavo fare. Laddove una volta scalpitavo come una puledra desiderosa di far parte di qualcosa, ora lo assecondavo. Chissà se si è mai accorto del mio cambiamento, se lo ha preso per maturità o per stanchezza. Né uno né l'altro. Ero semplicemente passata dall'altra parte anch'io. Per la seconda volta.

A cena tornavamo a essere simili a noi. Emanuele si metteva abiti comodi e mi aiutava ad apparecchiare. Raccontava dei suoi spostamenti, del tipo buffo seduto accanto in aereo, del collaboratore che faceva il furbo e del ristorante in cui aveva pranzato. Lo guardavo come se mi stesse raccontando un film o un libro che aveva letto. Lo lasciavo inondarmi di quella verità, la sua, la nostra. Quella che avevo ascoltato mille volte e che continuava ad andarmi bene. Era plausibile, concreta e piena di dettagli. Esattamente come doveva essere per non destare sospetti, per non farmi chiedere chiarimenti, controllare le coincidenze, il cellulare o le mail. Era una verità, come la mia.

Poi toccava a me. Così parlavo dell'organizzazione di un evento nel ristorante di mamma, di un nuovo autore e della spesa fatta in pausa pranzo. Emanuele mi ascoltava con attenzione, come aveva sempre fatto. Io ero sua moglie e si vedeva. Io gli preparavo una cena discreta e gli versavo il vino che preferiva. Lui era mio marito e si vedeva.

Guardavamo un film seduti sul divano, organizzavamo cosa fare nel weekend, quando andare a cena da mia madre, quando sentire Marzia, e aspettavamo che la stanchezza ci portasse fuori di scena.

L'unica domanda che non riuscivo a pormi era: «Quanto tempo sarebbe durato?» perché avevo paura della risposta.

Nei giorni normali, Federico e io ci concedevamo solo qualche telefonata che poi cancellavamo, durante l'orario d'ufficio. Nessun messaggio, nessuna mail.

Solo una sera mi arrivò un sms. Mi svegliai di colpo. Emanuele si mosse e si girò dall'altra parte. Guardai il mio telefono illuminato e rimasi immobile. Aspettai di sentire mio marito sprofondare nel suo sonno e scivolai fuori dalle coperte.

Sono venuto a dormire qui stanotte. Avevo bisogno di sentire il tuo odore. Dormo dalla tua parte.

Il cuore mi balzò in gola insieme all'irrefrenabile desiderio di vestirmi e andare da lui. Non potevo. Strinsi il telefono e risposi: *Ho fatto la stessa cosa oggi pomeriggio. Troverai il mio odore anche dalla tua parte!*

Poi spensi il cellulare. Nel buio della notte anche il tradimento può sembrare una cosa grave.

Avrei dovuto aspettare diversi giorni per rivederlo. Lui sarebbe andato in montagna da sua moglie, e in quei giorni non lo avrei nemmeno potuto sentire. Così decisi che quel messaggio non lo avrei cancellato. Non ora. Mi avrebbe traghettata da lui più velocemente.

«Perché scrivi?» chiesi una sera a Federico.

«È il mio modo di evadere. Di andarmene.»

«Da cosa?»

«Da questa vita e dal suo mondo.»

«Forse dovrei iniziare a scrivere anch'io.»

«Capisco che sembri brutto, ma la vita è strana. È come la moda. Per anni ne insegui una che ti convince e ti piace e fai di tutto per starci dentro, poi, in un batter d'occhio certe cose non te le metteresti più nemmeno sotto tortura.»

«Parli della tua famiglia?»

«Non dei miei figli. Loro sono gioielli d'oro e pietre preziose. Non passano mai di moda.»

Il mio ego femminile avrebbe voluto sentirglielo dire. Fare il nome di sua moglie come se fosse una blusa sgualcita, un pantalone a gamba troppo larga che può essere tagliato a pezzi per farne degli stracci. Poi il pensiero che Emanuele potesse fare lo stesso con me mi fermò per solidarietà, pudore e vergogna.

«A volte penso che mia moglie creda lo stesso di me. Forse anche lei è stufa e mi butterebbe via.»

«Non credo.»

«Perché?»

«Perché tu sei fantastico.»

«Per te. Per te ora.»

Lo guardai. Avevo paura di continuare, di apparire superficiale, di sentirmi dire cose che mi avrebbero ferita, e che un giorno sarei stata un pezzo di quello straccio anche per lui.

«Mia moglie è più forte. Lei ha i ragazzi...»

«Anche tu li hai.»

«Non come li ha lei. Non c'è paragone. Lei li capisce senza guardarli, li previene, li anticipa. Sa esattamente quando si ammaleranno e di cosa, sa se hanno fame e di cosa, sa se sono angosciati e per cosa. Lei sa...»

«Dovremmo rientrare», dissi mostrando l'evidenza del mio disagio.

Federico cercò i miei occhi per un attimo. «Vai pure. Io resto ancora un po' qui.»

Mi alzai contrariata. Volevo far finta che fosse normale, e forse lo era o lo sarebbe stato per una qualsiasi altra coppia, come me ed Emanuele oppure lui e Flavia. Ma non per noi. Noi dovevamo essere diversi in qualcosa. Forse no. Forse eravamo solo l'inizio di un percorso che per definizione ha sempre una fine.

Lo spiai. Era seduto a guardare il cielo scuro. Teneva

un bicchiere quadrato in mano. Sorseggiava un rhum invecchiato che avevo comprato in una distilleria appena avevo iniziato a scandagliare i suoi gusti. Immaginavo sua moglie che gli concedeva di bere ormai solo per le occasioni importanti. Qui, nella nostra casa, avrebbe potuto farlo quando voleva. Io non ero una moglie, io qui ero un amore.

Mi domandai a cosa stesse pensando. Ai figli che crescono? Alla moglie da raggiungere? Alle cose felici o ai problemi? Poi il pensiero mi portò dove non sarei mai voluta andare.

Alla mia incapacità di essere madre e a tutto quel mondo che non potevo comprendere, che però trasforma una donna in qualcos'altro. Nel corpo e nello spirito. Io ero rimasta la stessa.

Poco dopo iniziò a piovere. Federico rientrò in casa e tornò da me. Facemmo l'amore in modo dolce. Un misto di passione e attenzione. Eravamo lì entrambi per gustarci ogni momento. Mi lasciai trascinare fuori dal mondo, chiusi gli occhi e gli permisi di portarmi lontana dimenticando tutto. Chi ero, ma soprattutto chi non ero mai stata. Una madre.

«Federico», mormorai guardando il soffitto.

«Non riesco a fare altro che pensare a te, e a questo non so dare nessun'altra spiegazione se non che forse siamo solo due incoscienti», mi disse lui, convinto che volessi parlare di noi.

«Io ho un figlio.»

«Cosa?»

«Avevo diciassette anni e l'ho dato in adozione, ma non ho mai smesso di pentirmene.»

Vidi il suo sguardo trasformarsi in qualcosa di indecifrabile. Lo stesso che si ha quando non sei preparato a rispondere a una domanda molto intima.

«Ma come è successo?»

«Ha fatto tutto mia madre. Io ero soltanto una ragazzina.»

«È per questo che mi hai cercato? Per quello che ho scritto?»

«Sì... credevo che tu avessi le risposte che stavo cercando...»

«Hai mai provato a metterti in contatto con lui?»

«Sì, più volte, ma sembra impossibile. Gli ho scritto una lettera tanti anni fa e, se lui dovesse fare la stessa cosa, solo allora potrei essere messa in contatto con lui.»

«Devi portarti addosso un dolore enorme.»

«No, addosso mi porto tutto il suo amore.» Mi baciò.

La mattina dopo mi svegliai da sola. Federico era già andato via. Trovai un pacchetto sul tavolo. C'erano dentro dei dolci. Li aveva comprati per me. Aprii la finestra sul terrazzo e mi sedetti fuori, dove era stato lui la sera prima. Poi mi voltai verso la casa vuota e, come se dentro ci fosse una vita possibile, recitai la mia solitudine ad alta voce: «Non ti preoccupare, amore, il caffè me lo faccio dopo. Tu vai pure. Ci vediamo più tardi. Ti amo anch'io».

Perché quello era il risveglio che desideravo.

QUALCHE giorno dopo, Emanuele tornò a casa con un regalo per me.

«Per cos'è?»

«Devo avere un motivo per fare un regalo a mia moglie?»

«Non è il mio compleanno. Hai qualcosa da farti perdonare?» chiesi con un tono volutamente provocatorio.

«No. Semplicemente mi andava di farlo. Ti vedo così strana ultimamente. Ho pensato che un po' di romanticismo...»

«Strana? Sono solo stanca e un po' stressata.»

Quando lo aprii rimasi a bocca aperta. Era un braccialetto formato da tre fili di perle, chiuse da un fermaglio dorato. Era bellissimo.

«Emanuele, sei impazzito?»

«Non ti compro mai nulla», disse baciandomi sulla fronte come se fossi una bambina. Ero stranita. Felice per l'attenzione ricevuta che, però, non riuscivo a decifrare. Forse era l'unico modo che aveva per allontanare i sospetti dalla sua doppia vita. Forse era per questo che mio marito piaceva tanto a mia madre, perché era come lei e non l'avrebbe mai delusa.

Quella sera uscimmo. Ci vestimmo di corsa per raggiungere degli amici in un ristorante in centro. Era così vicino a casa che andammo a piedi. Il posto era affollato. Le chiacchiere di decine di voci si sovrapponevano in modo disordinato. Emanuele si sedette dall'altra parte del tavolo, quella degli uomini. Io mi confusi con le altre mogli. Lo osservavo. Rideva, beveva e gesticolava, tutte cose che avevo sempre amato ma che ora mi sembravano banali, scomode. Poi i nostri sguardi si incrociarono sopra alla tavola. Ci fissammo.

«Che c'è?» mi chiese.

Scrollai la testa e, muovendo appena le labbra, mormorai: «Non ti amo più». Troppo lontani.

Lui corrugò la fronte, interrogativo.

Sorrisi e dissi a voce alta: «Nulla tesoro. Ti stavo solo guardando».

Emanuele si richiuse nella sua bolla di chiacchiere e io mi infilai in una conversazione di cui non capivo nulla.

Aveva ragione lui. Ero diversa. Mi guardavo intorno cercando di comprendere se ci fosse qualcun'altra come me. Scrutavo i gesti e dove finivano i loro sguardi. Era così difficile smascherarmi? O avrei potuto continuare a confondermi senza destare sospetti perché ero in buona compagnia?

Il giorno dopo era sabato ed Emanuele mi chiese di andare a fare un giro.

«Dove?»

«Non lo so.»

«Vuoi fare una gita senza meta?»

«Perché no? Lo abbiamo fatto mille volte.»

«Una volta.»

«Cosa dici? Quando eravamo più giovani lo facevamo spesso e ti piaceva pure.»

«Appunto, una volta, tanto tempo fa.»

«E cosa è cambiato?»

Non mi piaceva quella domanda. «Che siamo invecchiati.»

«Ma smettila! Vestiti che andiamo.»

Mi lasciai trascinare. Non avevo la forza di obiettare. Potevo trascorrere con mio marito un tempo indefinito perché, anche se non lo amavo più, lui mi piaceva ancora.

«Andiamo in montagna», proposi con un intento preciso. Far parte di qualcosa.

Il gioco era sempre lo stesso. Si saliva in auto e si imboccava una direzione, nord o sud, e poi si sceglieva la strada a caso. Quel giorno guidai io, anche se al volante c'era Emanuele, e qualche ora dopo eravamo a pranzo in un piccolo paese sulle alture, tipica località di villeggiatura dove ero sicura che avrei incrociato Federico con la sua famiglia.

Parcheggiammo nella piazza principale. Non c'erano

molte strade da percorrere. Emanuele si avviò verso una trattoria e io lo seguii continuando a guardarmi intorno.

«Chissà se ci danno già da mangiare a quest'ora. È un po' presto.»

«Sono sicura di sì. Siamo in montagna.»

Mi sedetti in modo da poter controllare il passaggio esterno; continuavo ad alzare lo sguardo sopra la spalla di mio marito.

«Si può sapere cosa guardi?»

«Nulla. Pensavo che sarebbe carino comprare una casetta da queste parti.»

«Stai scherzando? Tu odi la montagna.»

Lo guardai. Era vero. Mi conosceva bene, o almeno conosceva bene la maggior parte di me.

«Non so», risposi vaga. «Forse, invecchiando, qualcosa in me è cambiato.»

«Non mi pare proprio, tesoro. Ma se vuoi ci informiamo.»

Cercai di sembrare più rilassata e mangiai quello che avevo nel piatto.

«Ti volevo parlare di una cosa importante.»

«Cosa?» Avevo paura che quello fosse il momento della confessione.

«La mia azienda vorrebbe che andassi a vivere a Roma.»

«Roma?» ripetei quasi sollevata.

«Sì, per essere più presente, visto il mio ruolo. Così ridurrebbero le spese di viaggio e loro ci pagherebbero un affitto là.»

Improvvisamente mi tornò l'ansia.

«Ma io ho il lavoro qui, e poi ci sono le nostre famiglie e...»

«Lo so che non è una decisione facile. Io ci andrei subito...»

E la tua amante? La lasci così? O te la porti dietro? Poi pensai a Federico e dissi: «Io voglio rimanere qui», sapendo di fare un favore a entrambi.

Il paese sembrò animarsi. Come se tutti avessero un appuntamento proprio nella piazza in cui stavamo pranzando.

«Cosa succede?» domandò Emanuele alla cameriera.

«C'è la festa del paese. Tra poco passerà la Madonna in processione e la adageranno proprio al centro della piazza. I più pigri vengono direttamente qui ad aspettarla.»

«Che dici? Aspettiamo la Madonna anche noi?»

«Certo», risposi.

Sorrisi perché il rischio mi stava solleticando lo stomaco. Quaranta minuti dopo, mentre stavamo prendendo il caffè, la vedemmo arrivare. Sovrastava tutte le teste, era ricca e incoronata e, quando la folla le fece largo per lasciarla passare, lo vidi. Federico era sotto di lei. La sorreggeva con tutte le sue forze insieme ad altri cinque uomini. Mi alzai di scatto.

«Dove vai?»

«Voglio solo vederla meglio», spiegai mettendomi sulle punte.

«Non dirmi che, invecchiando, ti è venuto anche il richiamo dall'alto.»

Non risposi. Ero troppo concentrata su altri movimenti.

Dopo aver appoggiato la statua su una specie di altare al centro della piazza, gli uomini si allontanarono per raggiungere le rispettive famiglie. Seguii Federico con lo sguardo. Lo vidi improvvisare una corsetta sbarazzina in una direzione che non era la mia. Una mano sul braccio di una donna sorridente, e l'altra sulla testa di un ragazzino che cercava di attirare la sua attenzione. Una famiglia.

«Andiamo», ordinai.

Emanuele allungò sul tavolo un paio di banconote e si alzò. Camminammo in silenzio fino al parcheggio. In auto la musica riempì il nostro silenzio. Mio marito canticchiava mentre io sentivo il bisogno feroce di capire, di avere.

Il desiderio è quell'impulso innato che spesso ci mette nei guai.

LA settimana successiva presi la decisione.

Era il solito mercoledì. Faceva un caldo infernale. Mentre ero nella cucina al mare a preparare la nostra cena con la cura ai dettagli di una sposina, parlavo ad alta voce.

«Federico, io ti amo e voglio vivere con te!» Troppo diretto.

«Ormai ci frequentiamo da un po' e rischiamo di essere scoperti.»

Sembravano le parole di una che vuole mollare più che prendere.

«Hai mai pensato a noi? Come coppia, intendo?»

Feci cenno di no con la testa. La verità era un'altra. L'estate sarebbe finita e la sua famiglia sarebbe rientrata. Il tempo per noi si sarebbe ridotto. Qualcosa doveva cambiare.

Quando Federico entrò in casa, la mia ansia si sciolse in un abbraccio. Il suo desiderio era così evidente che avrei potuto disegnarlo su un foglio. Ci scambiammo un bacio di pura passione e facemmo l'amore fino a sfinirci l'uno sull'altra. Era difficile smettere. Nessuno dei due poteva sapere che sarebbe stata l'ultima volta.

Cenammo a letto con le finestre spalancate sul mare e noi due ansimanti e affamati come ragazzini. Sapevamo che tutto il nostro castello poteva crollare da un momento all'altro. Sarebbe bastato un attimo, una folata di vento o una parola di troppo, ma noi facevamo finta di non vedere.

«Sarebbe bello se fosse così per sempre», mi scappò, più per volontà che per caso.

«Già, sarebbe un sogno.»

«Possiamo trasformare la nostra vita in un sogno. In questo sogno», azzardai.

Allungò una mano sulla mia senza voltarsi e la strinse con forza.

Mi rilassai. Era il suo modo per dirmi di stare tranquilla, che tutto sarebbe andato bene. Ma un conto è dirlo, un altro è lasciarlo intendere.

Si alzò per andarsi a sedere sul terrazzo. Amava quel posto, era chiaro. Io lo seguii silenziosa.

«Io ti amo!» esclamai. Lui mi guardò.

«Ti amo come non ho mai amato nessuno prima di te», continuai. «Io voglio stare con te, vivere con te, invecchiare con te. Io voglio amarti.»

In lontananza solo il rumore del mare, l'infrangersi delle onde regolare o testardo.

170

Mi avvicinai e la vidi. Una lacrima stava scivolando sulla sua pelle.

«Stai piangendo?»

«No, no.»

«Ma sì, tu stai piangendo.»

«Mi sono commosso. Non ho mai ricevuto delle parole così belle. Ti dà fastidio un uomo che piange?»

«No, anzi...»

«Andiamo a letto?»

«Non ne ho voglia ora.»

«Ma si possono fare molte altre cose a letto...»

Ci sdraiammo vicini e, poco dopo, le sue braccia mi avvolsero e mi strinsero forte. Rimanemmo immobili per un tempo indefinito a respirarci l'un l'altra come se esistessimo solo noi.

Più tardi la sua voce infranse il silenzio. «Saresti capace di lasciare tuo marito, Giulia?»

Non me l'aspettavo. In cuor mio pensavo che questa domanda l'avrei fatta io a lui.

Pensai a Emanuele, e un grosso nodo mi si strinse sopra lo stomaco. Avevo mai preso in considerazione di abbandonare davvero la mia vita?

«Mia madre mi ucciderebbe», dissi per non rispondere.

«È questa la differenza tra me e te. Se tua madre ti ucciderebbe, i miei figli ne morirebbero.»

Mi voltai verso il nero della notte e sperai che tutte

le luci si spegnessero di colpo, perché nessuno potesse vedere che stavo cercando di trattenere le lacrime.

Si avvicinò e mi abbracciò con forza. Aveva capito. Schiacciai il volto sulla sua pelle nuda e mi lasciai andare in un pianto senza disperazione, il pianto vero di chi non è sorpreso che le cose non vadano come desidera. È semplicemente così, c'è poco da fare.

Ci addormentammo abbracciati e il mattino dopo, insieme ai soliti dolci, trovai un biglietto. *Ti amo, Giulia. La seconda parte della mia vita ricomincia con te.*

Il mondo era fuori e, stringendo il foglio tra le mani, fu come se dentro fossimo ancora insieme. Una grossa bolla di piacere mi salì lungo la gola per esplodere in un forte urlo di gioia.

Allontanai in fretta mia madre dalla mente, provai a godermi quel pezzo di sicurezza che in fondo mi ero conquistata. Non sarebbe stato facile spiegarlo al mondo e non era di quello che mi preoccupavo. La mia paura aveva una sfera molto più intima, più vicina. Mi versai il caffè e andai a sorseggiarlo fuori.

Alla sera tornai a casa da Emanuele. Come se nulla fosse. Il giorno dopo ricevetti un messaggio da Federico.

Ci vediamo a casa per pranzo?

Ok.

Mi precipitai. Il frigorifero era pieno di cose, non avrei perso tempo a fare la spesa. Avremmo improvvisato un'insalata e poco altro. Ero al settimo cielo, sapevo che avremmo parlato, che avremmo deciso. Non c'era altro tempo da perdere.

In ufficio avevo avvertito che non sarei rientrata nel pomeriggio. Avrei dedicato a Federico e alla nostra pianificazione tutto il tempo necessario.

Entrai in casa. Lo abbracciai. Aveva l'aria stanca di chi non ha dormito molto, di chi ha pensato. Lo accarezzai con dolcezza. Stava facendo un sacrificio immenso per me. Io ne sarei uscita a pezzi perché mia madre mi avrebbe sbranata, lui dolorante per i suoi figli, tuttavia aveva deciso e sapevamo entrambi che non sarebbe stato facile ma che era, evidentemente, destino.

Ci scambiammo poche parole. Andava bene, avremmo parlato più tardi. Andai in cucina, preparai qualcosa da mangiare e lo portai in tavola.

«Ti va di andare a fare una passeggiata sulla spiaggia?» mi chiese dopo aver mangiato.

«Certo», risposi.

Era perfetto. Il sole e il mare sarebbero stati i nostri complici.

Iniziammo a camminare in silenzio. Federico era pensieroso e io lo comprendevo. Avrei voluto rompere il ghiaccio e cominciare a dire qualcosa che sapesse di futuro, ma decisi di aspettare. Poi è successo in un attimo. L'ho visto crollare a terra, con lo sguardo vuoto e le labbra spalancate.

Ancora quel giorno

GUARDAVO Flavia e il mare. Le sue parole mi giravano in testa come se non volessero trovare una sistemazione. Federico aveva confessato di avere un'amante che si chiamava Irene e sua moglie lo stava dicendo proprio a me, mentre la mia verità era completamente diversa. Federico mi amava e, se non si fosse sentito male, mi avrebbe detto che era giunto il momento di uscire allo scoperto. Ne ero certa.

«Torniamo in ospedale?» mi ha chiesto Flavia, mentre io avrei voluto rimanere ancora lì, nella speranza che lei svelasse qualcos'altro.

Ho annuito e mi sono alzata. «Giulia.»

Una voce arrivava da lontano. Mi sono voltata e le gambe hanno iniziato a tremare. Ho abbassato lo sguardo.

«Giulia, ti stanno chiamando», ha sottolineato Flavia fermandosi.

«È la mia padrona di casa», ho mormorato andandole incontro, sperando che Flavia non mi seguisse.

La donna che viveva sopra al nostro appartamento clandestino mi si è bloccata davanti. Era affannata.

«Come sta suo marito?»

«Direi bene. L'hanno operato ieri e oggi avrà un altro intervento», ho risposto cercando di non scendere nei dettagli. Lei mi ha guardato come se non capisse di cosa stessi parlando e l'imbarazzo le si è disegnato sul volto.

«Oh, meno male», ha farfugliato. «Ho pregato tanto il Signore! Ieri mi sono presa uno spavento tale che stanotte non ho dormito. Pensavo fosse molto più grave...»

Sentivo gli occhi di Flavia addosso come una mantella.

«Ora dobbiamo scappare. Vado da lui. La chiamo più tardi.»

«Va bene. Grazie, me lo saluti tanto!»

Non fare nomi. Ti prego, non aggiungere altro.

Ho salutato velocemente e, insieme alla mia strana compagna di viaggio, mi sono allontanata da quella mina vagante che ci avrebbe fatte saltare in aria tutte e due.

«Abiti da queste parti?» mi ha chiesto mentre ci incamminavamo verso la mia auto.

«Sì, certo. È per questo che ero qui ieri...» Silenzio.

In macchina facevo finta di scrutare il paesaggio e di essere a mio agio, mentre sentivo un veloce nervosismo arrampicarsi su Flavia.

Davanti all'ospedale ci siamo salutate e ognuna si

è diretta verso il proprio legittimo marito, una più a disagio dell'altra.

Mi sono infilata nel corridoio e lei era lì. Seduta composta, stringeva la sua borsa tra le braccia. Mi sono fermata, lei si è girata verso di me e si è alzata di scatto. Avrei riconosciuto il suo sguardo, quello dell'amante timorosa, tra milioni. Era esattamente come il mio. Io ero lei, lei era me.

«Giulia... io vorrei...»

«Non è questo il momento.»

«La prego, mi ascolti...»

Ne ho ammirato il coraggio. Io, in fondo, non ne avevo avuto abbastanza.

«Glielo ripeto, vada via da qui.» Parlavo piano, quasi sottovoce, perché l'ultima cosa di cui avevo bisogno era attirare ancora l'attenzione.

«Non è come crede...»

«Lo sto dicendo per lei. Mi ascolti: vada via da qui. Se mia madre la vede, per lei possono essere guai seri. Sparisca!» l'ho zittita sperando che obbedisse, e me ne sono andata.

Nella stanza di Emanuele ho trovato, come avevo immaginato, mia madre. L'ho fissata sperando che non avesse sentito la conversazione di pochi minuti prima e che quella poveretta si fosse messa in salvo, almeno lei.

179

«Possibile che lo venga a sapere da tua sorella?» mi ha aggredita.

«Ci ha messo più del previsto», l'ho provocata.

«Quanto sei sciocca. Non potevi chiamare?»

«Lo avrei fatto tra poco. Mi volevo accertare che fosse tutto a posto così da non farti preoccupare.»

«Dov'eri quando è successo?»

Era una domanda a trabocchetto? Mia sorella doveva aver cantato per bene.

«Attenzione!»

Un'infermiera ci ha interrotte. Dovevamo spostarci per lasciare passare il letto con cui trasportavano i pazienti dalla sala operatoria.

Mi sono avvicinata a mio marito e ho chiesto notizie.

«Si sveglierà tra un po'. L'operazione è andata bene, ma il medico sarà più preciso. Passerà appena avrà finito di operare.»

Eravamo di nuovo lì. Io e mia madre intorno a Emanuele addormentato e, per questo, inutile. Non sarei riuscita a sfuggirle.

«Si può sapere cosa ci facevi in spiaggia ieri?»

«Stavo facendo una passeggiata.»

«Da sola?»

«Sì, mamma, da sola.»

«E perché passeggi in spiaggia da sola?»

«Perché non dovrei?»

«Hai un lavoro, un marito... vedi tu. Credevo che distrarsi vicino al mare fosse un lusso per pensionati o bambini. Evidentemente mi sbagliavo.»

Dovevo uscire da lì.

«Lo so che per te tutto ha una spiegazione e nulla viene fatto mai per puro caso, ma ti assicuro che ieri avevo soltanto bisogno di stare un po' da sola e così, senza pensarci troppo, mi sono regalata qualche ora di svago. Tutto qui!»

«E mentre ti stavi svagando hai provvidenzialmente soccorso un povero sventurato. Dovresti lavorare per la protezione civile.»

«Mamma, ti prego. Possiamo cambiare argomento?» Ha accettato, così siamo rimaste in silenzio. Lei si è seduta a sfogliare una rivista mentre io fissavo mio marito dimostrando una preoccupazione che in fondo non avevo.

Poco dopo, il mio telefono ha squillato. Mi sono alzata e mi sono avvicinata alla borsa. Un attimo brevissimo come un fendente, e sono rimasta immobile a fissare il display. Il nome di Federico stava vibrando tra le mie mani.

«Volevo solo esserne sicura», la voce di Flavia e una scarica di ghiaccio addosso.

Ci siamo fissate. Lei con il cellulare di suo marito in mano, io con il mio. Mi sono sentita sciocca e impaurita.

«Flavia, aspetta», ho mormorato.

«Volevo solo avere la certezza che fossi tu! Federico è morto pochi minuti dopo il nostro rientro. Credo ci abbia aspettate.»

Il telefono mi è scivolato dalle mani, ho mosso un

181

passo indietro per trovare un appoggio. Un fitta fortissima mi ha attraversata a metà e, mentre mia madre urlava il mio nome, io sono caduta tra le sue braccia e poi fino a terra.

«Giulia, alzati! Giulia, che succede? Aiutatemi, mia figlia si è sentita male.» Poi la voce di mamma è diventata piccola piccola, come me.

Quando mi sono svegliata, in un'altra stanza, avevo gli occhi appiccicosi di chi ha pianto nel sonno.

«Come ti senti?» Era la voce di mia madre, anche se faticavo a vederla.

Ho mosso la testa per rassicurarla. Speravo che se ne andasse e che mi lasciasse in pace, ma sapevo che non lo avrebbe mai fatto. Sarebbe rimasta lì, accanto a me.

«Devo andare in bagno.»

«Ti accompagno.»

«Mamma, ti prego. Io devo andare in bagno da sola. Io voglio rimanere da sola.»

«Non me ne vado.»

«Lo so, lo so. Allora stai qui mentre io mi dispero perché l'uomo che amo, l'unico che abbia mai amato, è appena morto e io non posso fare quello che vorrei, non posso nemmeno salutarlo per l'ultima volta, perché lui ha una famiglia e io sono sposata con Emanuele, e tu te ne stai lì impalata a guardarmi come se ti facessi schifo e questo non te lo perdonerò mai!»

«Giulia, ma cosa stai dicendo?»

«Dico quello che sai, quello che hai sempre saputo, che non sono quella che ti sei sforzata di creare. Non lo sono, mamma!»

Sono scesa dal letto e mi sono avvicinata a lei. «Vattene fuori!»

«Giulia...»

«Ho detto di uscire da qui!» ho urlato affondando le mani nella pancia di mia madre.

«Mi fai male.»

«Non me ne frega niente. Se non te ne vai, posso farti di peggio.»

«Tu sei pazza!»

«Sì, mamma! Io sono pazza e nessuno lo sa meglio di te!»

La porta si è chiusa. Mi sono seduta per terra. Ho buttato la testa tra le gambe e ho provato a piangere senza riuscirci. Mi sono alzata e sono corsa fuori. Ho attraversato il corridoio e sono passata davanti alla stanza di Emanuele senza guardare. Ho raggiunto le scale e sono salita al piano superiore.

La sua stanza era vuota. Un'infermiera stava mettendo delle lenzuola pulite per un nuovo paziente. Ci siamo guardate. Era sempre la stessa. Ha scrollato la testa e sussurrato un «Mi dispiace».

Era vero. Per un attimo avevo pensato che fosse solo un modo per allontanarmi da lui. Invece era vero.

Il dolore è arrivato violento e vertiginoso.

* * *

Ho lasciato l'ospedale. Non potevo rimanere lì. Ho chiesto a un tassista di portarmi alla casa al mare. Ero in viaggio, come facevo tutte le settimane, lungo la stessa strada, e per un attimo è stato come se nulla fosse accaduto. Io ero ancora la sua amante speranzosa di cambiare la nostra vita, di avere qualcosa di nostro. Ho accostato la testa al finestrino e ho lasciato che le lacrime scendessero senza limiti. Deglutivo e respiravo per rimanere viva, anche se per un attimo l'idea di farla finita è stata qualcosa di più concreto di un banale pensiero.

Ci sarebbe voluto troppo coraggio? Ma cosa ne sarebbe stato di me, senza di lui?

In casa ho sentito un rumore e per un secondo ho sperato. La porta sul terrazzo si muoveva e la tenda stava volando dentro la stanza. L'avevamo lasciata aperta perché pensavamo di rientrare subito. Ho appoggiato la mia borsa al solito posto e mi sono guardata intorno. Sono entrata in camera, avevo bisogno di sedermi o forse sdraiarmi nel nostro letto. Avevo bisogno di te.

C'era una busta sul mio cuscino. L'ho fissata con terrore. L'avevi messa lì tu prima di uscire per la nostra ultima passeggiata? Quando ero rientrata a prendere le mie cose non ero più passata dalla camera. Ne ero certa.

Ciao Giulia,
stanotte non riesco a dormire, così ho deciso di parlare un po' con te. Dovrei riempire queste pagine di

complimenti e di ringraziamenti. Come tu sia riuscita a diventare tanto necessaria e viva in questa mia vita opaca, non me lo so spiegare. A volte credo che tu abbia dato colore anche a me. Ma non è così che deve essere. La mia vita non può dipendere da qualcuno che non fa parte della mia famiglia, di quella famiglia che mi sono scelto e per cui ho lottato.

E questo te lo posso dire con certezza. La donna che ha ispirato la storia che ho scritto non è una sconosciuta qualunque come ti ho detto. È mia madre. La mia madre biologica. L'ho trovata dopo quarant'anni perché lei non ha mai voluto che io la cercassi davvero e forse non si è mai pentita, nemmeno per poco, di quello che aveva fatto. Dovrei odiarla? Forse sì, anche se non posso smettere di pensare che il suo gesto mi abbia concesso una vita migliore, quella che non avrei mai avuto. Quella in cui ci sei anche tu. Poi mi hai confessato il tuo segreto e qualcosa è cambiato. È stato come se mi avessi svelato il motivo che mi aveva spinto a scrivere la mia storia. Mi mancava lo sguardo di mia madre; quel rammarico e quel pentimento che ho visto nei tuoi occhi, io l'ho dovuto descrivere per poterlo incontrare.

Non sono un vero scrittore, ma solo uno che aveva una cosa da raccontare. Non lo sa nessuno. Tranne te, ora.

È stato grazie al nostro incontro che ho capito che non è mai quello che ci accade ad avere importanza, ma quello che ne faremo, perché siamo gli unici responsabili

185

delle nostre azioni e la vita non tiene mai davvero in conto cosa stiamo provando.

Vedi, il tempo è un male costante ma curabile. Se lo lasci fare, se lo ignori, ti ritrovi come me a vivere giornate sempre uguali e a finire con l'odiarle. Allora cerchi la fuga e, se sei così fortunato da incontrare una donna come te, tornare indietro ti sembra impossibile.

Quanto male fa, Giulia. Quanto è difficile non poter urlare al mondo quello che provi e quello che sei soltanto per non ferire chi hai vicino. Quanto è penoso non saper vivere la vita che ti sei scelto.

Credimi se ti dico che non so dove sto trovando la forza per scriverti queste cose. Forse, se ci riflettessi meglio, questa lettera la strapperei.

Credimi se ti dico che stare insieme a te ha lenito tutte le mie ferite.

Credimi se ti dico che rinunciare a te è il conto più salato che mi si possa presentare.

Credimi se ti dico che ti amo ma non posso essere felice continuando a vivere nella clandestinità, come un uomo a metà, uno per cui si può nutrire solo disprezzo. Non riesco più a guardarmi allo specchio e ad accarezzare le teste dei miei ragazzi. Non è questo che voglio. Non è questo ciò per cui ho fatto certe scelte. Ora tocca a me dimostrare a loro di cosa sono capace, anche se forse non lo sapranno mai. No, non lo sapranno mai a cosa ho rinunciato per loro.

Ho parlato con mia moglie, ora che sa tutto mi sento molto meglio. Ho detto che ti chiami Irene, come la dea *della pace, quella che hai dato a me per tutto questo tempo, perché il tuo segreto fosse al sicuro. Ognuno deve pagare per le proprie scelte, e solo per quelle.*

Ti lascio questa lettera perché non so se troverò mai il coraggio di parlarti. Anzi, sono certo che non ci riuscirò mai, che i tuoi occhi, le tue labbra e le tue mani mi farebbero cambiare idea. E quando ti avrò davanti, così bella, così tu, le parole se ne andranno veloci.

PS: spero che tuo figlio sia già sulle tue tracce. Le tracce di sua madre. Lo spero per lui. E non ti arrovellare troppo nel trovare spiegazioni: ricordati che esistono domande alle quali si possono dare solo risposte sbagliate.

Ciao, piccola mia,

Federico

E mentre finivo di leggere mi sono ritrovata ricoperta di incredulità. La sua grafia mi scorreva davanti agli occhi. Le parole *figlio*, *sguardo*, *importanza* e *responsabilità* mi stavano ferendo come frecce appuntite. Mi ero quasi dimenticata di come ci eravamo conosciuti. Un articolo sul giornale, una storia che ti assomiglia, un uomo che ti affascina e tu che ti ci aggrappi per non pensare.

«No, no, no, no...»

Com'era possibile? Federico mi voleva lasciare per lo stesso motivo per cui io l'avevo cercato. Me stessa e quello che rappresentavo, la parte marcia dell'essere madre.

Flavia aveva ragione. La nostra ultima passeggiata, l'aveva voluta per dirmi addio. E io? Ero ancora qui a sperare.

Mi sono buttata per la strada, non potevo rimanere in quella casa che si era trasformata in qualcosa che non riconoscevo più. La mia testa ha cercato di difenderlo. C'era qualcosa nelle sue parole che sapevo essere corretto. Le avrei dette anch'io, ma sentirle era tutta un'altra cosa. Ho iniziato a correre. Ne avevo bisogno. Sapevo che mi sarei dovuta allontanare tanto da noi per poterlo capire davvero. Era troppo presto, e lui non c'era più. Non potevo andare da lui, urlare sotto le sue finestre cosa mi aveva fatto, non potevo sorprenderlo nel cuore del suo paese in montagna mentre interpretava un ruolo che io non conoscevo. Non potevo, mi aveva tolto anche questo. Era morto e con lui si erano azzerati tutti i conti, i rancori e gli errori. Si piangerà un brav'uomo, un padre amorevole e un marito devoto scomparso prematuramente. Sua moglie farà ancora questo per lui. Coprirà tutto di fiori e preghiere, come è giusto che sia, come avrebbe fatto mia madre, mentre io resto qui con le sue ultime parole tra le mani e tutto quello che significano.

Ho corso per un po'. Il mio cellulare continuava a squillare. Era mia cognata, con i suoi assurdi problemi di controllo su tutto. Mi sono chiesta se mio nipote avesse svelato il nostro segreto, ma mi sono anche accorta che non me ne fregava niente. Non ho risposto e ho continuato a infilare un passo davanti all'altro fino ad arrivare sotto casa di mia madre. Sapevo che non l'avrei trovata. Ho suonato alla porta e ho aspettato che la signora Anna mi aprisse. Mi ha sorriso. Delle due figlie del suo capo, io ero quella gentile, quella che purtroppo viveva lontana, che la salutava e non la trattava come una serva. Le ero simpatica, era evidente.

«Sta bene, signora?» mi ha chiesto.

«Giulia, chiamami Giulia. Insomma, così così...»

«Perché non si siede? Le preparo un caffè?»

«Sei un angelo. Grazie.»

L'ho osservata andare in cucina e mi sono precipitata in camera di mia madre. Sapevo dove cercare. Mamma era prevedibile. Metteva tutte le cose importanti nel solito cassetto, perché proteggere una cosa sola alla volta è più facile e dà meno nell'occhio. Strategia perfetta. La solita.

Era chiuso a chiave. Dovevo trovarla. Mi sono guardata intorno. Ho aperto le ante dell'armadio e ho frugato tra i maglioni e le calze di papà, i vestiti e i cappotti di mamma. Ho tirato giù tutte le scatole e un mare di abiti, scarpe e accessori mi ha sommersa.

«Signora Giulia!» ha esclamato Anna.

«Giulia, solo Giulia!»

«Cosa sta cercando?» ha continuato, preoccupata del caos che avevo combinato.

«La chiave di quel cassetto. Tu sai dove la tiene mia madre?»

«Addosso! Non se ne separa mai.»

«Ci sarei dovuta arrivare. Lei tiene tutto addosso, anche l'amore. È l'unico modo per non perderne il controllo.»

Anna ha smesso di seguirmi e ha iniziato a rimettere in ordine. Io mi sono allontanata, lasciandole la speranza che la mia follia fosse terminata.

«Oh mio Dio! Cosa vuole fare?» ha urlato con la paura negli occhi quando mi ha vista rientrare nella stanza con un cacciavite in mano. L'avevo trovato nella cassetta degli attrezzi di mio padre senza nessuno sforzo. La differenza tra lui e la mamma si capiva anche da queste piccole cose. Lui immediato, lei da scassinare.

«Questo!» ho risposto inserendo il cacciavite piatto nella fessura del cassetto di legno. L'ho sollevato con tutta la forza che avevo. Nulla.

«Ho bisogno di aiuto, Anna!»

La donna si è avvicinata a me lentamente. Non so se più terrorizzata o incuriosita.

«Metti le mani qui e spingi con forza.»

«Ma la signora mi licenzia.»

«Non preoccuparti. Ho fatto tutto da sola. Sono io la pazza di casa.»

Ho contato fino a tre, abbiamo preso fiato e un pezzo di legno del comò stile impero di inizio Ottocento è saltato in aria.

«Ancora una volta», ho ordinato, esattamente come avrebbe fatto mia madre, e finalmente ho visto la serratura di metallo muoversi. L'ho colpita con la punta della mia arma fino a farla cedere.

Mi sono seduta per terra e ho riversato tutto quello che c'era dentro. Documenti di ogni genere. Della casa, dei ristoranti. Bollette, conti pagati e certificati medici e poi, come se fosse una grossa macchia sulla tovaglia di lino, l'ho vista. La lettera che avevo scritto tanti anni fa. Quella che avrebbe potuto permettere a mio figlio di trovarmi. Spuntava dalla grossa busta con il nome di mio nonno Giulio scritto sopra.

«*Mi hanno spiegato che tu puoi scrivere una lettera, che loro terranno custodita nel tuo fascicolo e, se il bambino dovesse fare lo stesso, allora vi metteranno in contatto...*»

«*Ha solo sei anni...*»

«*Sono certa che un giorno vorrà sapere da dove arriva e si farà le tue stesse domande. Quel giorno troverà le tue parole e così saprà che tu non l'hai mai dimenticato.*»

Il suo inganno.

Aprii la busta e rovesciai il suo contenuto sul pavimento. C'era tutta la contabilità del ristorante di Londra e poi qualcosa che mi lasciò senza fiato. Una lunga lista di versamenti e bonifici bancari indirizzati all'Istituto Saint Thomas di Londra. Li esaminai. Dal 15 maggio 1994, ogni mese mia madre gli versava una cifra consistente. Puntualissima.

Perché aveva mantenuto questo legame nonostante l'adozione e il tempo trascorso? Chi stava sostenendo?

La rabbia ti cambia, ti modella e ti trasforma.

191

Ho portato la mano alla bocca e, mentre Anna mi fissava stranita, ho sentito di nuovo quel desiderio di fuggire.

Ero così amareggiata che avrei potuto fare solo una cosa. Andare sotto casa di mia sorella, perché sapevo che sarebbe accaduto qualcosa.

Ho preso il cellulare e ho inviato un messaggio al piccolo Giò.

Perché non passi a vedere la casa nuova... è stata la sua risposta.

Tre puntini di sospensione che volevano dire qualcosa di molto preciso. Sono andata sotto casa di mia sorella come se fossi un automa.

«Ciao, Giulia», mi ha detto Giò con un tentativo scorretto di sorriso complice sulle labbra.

Ho scosso la testa.

Il mio futuro cognato stava controllando i lavori nell'appartamento che avrebbe abitato insieme a Ilaria.

«Vuoi un caffè? Ti faccio vedere la casa!» L'ho seguito senza rispondere. Me ne sarei dovuta andare. Lui e mia sorella non c'entravano nulla con tutto quello che avevo dentro, ma io non riuscivo a smettere di provare il desiderio di rovinare la vita a qualcuno, come qualcuno aveva rovinato la mia.

Non ho guardato nulla. Giovanni mi mostrava le stanze per smorzare l'imbarazzo della sua inesperienza.

Di nuovo. I suoi gesti volevano ingannare almeno i muri, che avrebbero detto che era capitato per caso.

Ci siamo fissati negli occhi. La sua mano mi ha sfiorato un fianco. Era già accaduto. Ci eravamo già baciati, ma prima che lui diventasse proprietà di mia sorella.

Ho sentito le sue labbra sul collo, le sue mani salire lungo le mie braccia.

Non dovremmo farlo.

Il calore del suo corpo troppo vicino.

Possiamo ancora fermarci.

I suoi baci hanno iniziato a stordirmi, ho alzato una mano sul suo petto e qualcosa si è irrigidito in me.

Devo andare via da qui.

Avvertivo il suo desiderio pronto a invadermi.

I segreti sono fatti per rimanere tali.

«No!» ho strillato allontanandolo da me con un gesto brusco.

«Giulia...» ha mormorato.

«Siamo due pazzi!» ho detto indietreggiando.

«Aspetta un attimo...»

«Non ci dobbiamo mai più trovare in una situazione simile. Mai più! Intesi?»

«Sei tu che sei venuta qui...»

L'ho guardato e ho provato pena per lui e per le mie scelte.

Ilaria non c'entrava nulla. Lei era solo riuscita a essere così diversa da non lasciarsi investire da nostra madre. Forse era semplicemente la migliore di tutti.

Giovanni si è avvicinato ancora. Ha allungato la mano per cercare la mia. Una ripugnante puntura d'insetto. L'ho tolta di scatto. Ho cercato l'uscita. Avevo bisogno di chiudermi sotto un getto d'acqua bollente sperando di venire risucchiata dallo scarico.

«Giulia, aspetta! Parliamo un secondo...»

«Di cosa vorresti parlare?» ho chiesto con un pizzico di ironia. Poi, come se lui mi avesse risposto, ho aggiunto: «Non ti devi preoccupare. Ilaria non ne saprà nulla».

Non so se mi faceva più schifo lui o io.

Ho spalancato la porta.

«Io sono solo una puttana, ma tu non sei certo migliore di me.»

«Non vorrai fare la santa con me, adesso?»

Mi sono voltata e, per un attimo, ho immaginato che ci fosse mia madre al suo posto.

«Ecco cosa non capite di me. Io non ho mai voluto fare la santa. Volevo soltanto la mia vita...»

Sono corsa via.

Chi siamo noi per decidere della vita degli altri? Chi siamo per pretendere di capire qualcosa di inspiegabile come l'amore? Tutto quello di cui possiamo sentirci sicuri si riduce a un cumulo di ricordi più o meno sbiaditi e a qualche certezza non ancora smentita. Tutto qua. Perché l'amore, quando ti arriva addosso, è il migliore dei tranelli. Improvvisamente le parole non ti bastano più, ti rendi conto che difficilmente riuscirai a rendere vera l'immagine che hai dentro. L'amore è come la colpa, ti fa sentire sempre al centro dell'attenzione. È un problema senza soluzione, una canzone senza finale, un sonno che non ti lascia riposare. L'unica cosa certa è che, se è amore vero, quando cadi nella trappola te lo senti addosso.

LA mattina dopo è accaduto qualcosa che non avevo previsto. Mi sono trovata davanti Silvia, l'amante di mio marito.

«Oh mio Dio!»

Non avevamo bisogno di grandi presentazioni. «Ancora lei? L'ha mandata mio marito?» ho chiesto.

«No, vorrei parlarle.» Ha fatto una pausa, come se la lingua le si fosse seccata in gola.

«Posso entrare?»

«Bene! Lei deve essere una vera temeraria.»

«Non è come crede.»

«E allora com'è? E, soprattutto, cosa credo io?» Uno a zero per me.

Una smorfia sul suo viso diceva chiaramente quanto fosse pentita di essere lì.

Non riuscivo a capire se la giovane donna che avevo davanti fosse presuntuosa o ammirevole. Forse era venuta a dimostrarmi qualcosa. Quello che si deve fare quando si ama qualcuno, quello che non ero riuscita a fare io.

Mi sono spostata e l'ho fatta entrare. Era comunque sempre meglio che andare alle nozze di mia sorella, a interpretare la normalità.

«Giulia, io vorrei solo spiegarle che...»

«Cosa? Davvero crede di venire qui a raccontarmi la sua storia? È convinta che la starò ad ascoltare?» Poi ho preso fiato e, con gli occhi brucianti dal poco sonno e da tutte le lacrime che avevo versato, ho continuato: «Farò di meglio! Sarò io a spiegare qualcosa a lei! Si accomodi, prego».

Mi ha fissata con stupore, come se non si aspettasse che la moglie del suo uomo avesse intenzione di reagire, e mi ha seguita.

Mi sono diretta in sala, la stanza più luminosa. La luce entrava dalle grandi finestre che davano sul cortile interno. Mi sono seduta sul divano senza guardarla. Per un attimo ho immaginato Emanuele accanto a lei. Chissà se mio marito l'aveva mai portata in casa. Uno strano livore mi è salito in gola, ma sono riuscita a trattenerlo. Ho scrollato via il pensiero, perché quello non era il momento di distrarsi.

«Come ha detto che si chiama?» ho chiesto.

«Silvia.»

«Emanuele non l'ha mai nominata!» Due a zero per me.

Lei ha fatto finta di non essere infastidita dal commento e si è seduta sul bordo del divano.

«Prima che lei cominci a raccontarmi la sua storia, vorrei tanto farle una domanda», ho iniziato.

«Va bene.»

«In quale parte della vita di donna si trova, Silvia?»

«Cosa?»

Ho fatto un lungo sospiro e, guardando fuori dalla finestra, ho provato a spiegarmi. Mi sembrava di essere una di quelle vecchie e troppo colte insegnanti alle prese con lo studente più lavativo della scuola.

«Quanti anni ha? Non sono mai stata brava a indovinare. Poi, dopo una certa soglia, l'età diventa un concetto relativo.»

«Trentadue.»

Mi sono voltata di scatto, come se quello che avevo appena sentito non mi piacesse. Tuttavia, senza tradire altre emozioni e prendendo fiato, ho continuato: «Quindi ha superato l'incanto e la forza dei vent'anni. Che età incredibile, vero? Se solo ce lo dicessero che è davvero l'unica in cui abbiamo il potere su tutto ciò che accade! A vent'anni si rasenta la perfezione, fisica e morale, si ha così tanta energia che nessuno sembra alla nostra altezza. A vent'anni abbiamo la pretesa di accontentarci, per essere felici intendo, siamo disposte anche a scendere qualche gradino senza sprecarci troppo, tanto teniamo sempre il piede pronto per lo scatto, per andarcene, mollare tutto e ricominciare. Poco importa cosa si pensi di noi; a vent'anni ti puoi permettere di tornare indietro, di saltare un passaggio, fare la finta tonta e tornare all'alba ubriaca anche di mercoledì». Ero quasi certa che non fosse riuscita a seguirmi.

Mi sono portata una mano alla bocca per bloccare un colpo di tosse. Due volte. Iniziava a mancarmi il respiro.

«A trenta, qualcosa comincia a barcollare. Ma è un ondeggiare così lieve che non ci si fa caso, altrimenti almeno qualcuna si porterebbe in salvo. È uno strascichio sottile, un traballio leggero proprio sotto ai nostri piedi. Ma siamo troppo prese a costruirci un'identità, per accorgercene.»

Ho mosso le labbra per disegnare un velato sorriso che si è spento per un attimo di apnea. Dovevo calmarmi, non potevo farmi venire un attacco proprio ora. Non davanti a lei. Così, come se nulla fosse, ho continuato implacabile: «Lei è lì in mezzo. Tra i trenta e i quaranta: l'età dei dubbi e delle paure. Perché a noi donne, i timori, non arrivano mica con l'adolescenza. Prenda una quindicenne e una quarantenne e le butti al centro della giungla: davvero crede che sarà quella adulta a portarle in salvo? Chi ha più da perdere a rimanere laggiù?»

Era immobile. Mi fissava come se si fosse incantata o come se volesse imparare qualcosa da me. Il suo sguardo mi stava lusingando. Ero brava a dare lezioni, meno a riceverle.

Così ho provato a stenderla.

«Quando stai per avvicinarti ai trentacinque, hai l'irrefrenabile desiderio di afferrare qualcosa, che sia legittimo e tuo non importa. La vera priorità è segnare un punto, sentirsi viva, utile e desiderata.» Ha iniziato a mancarmi l'aria e ho portato entrambe le mani al collo.

Pensavo che avrebbe approfittato di quel momento per intervenire, trovando le parole giuste, magari d'effetto, per riportare il mio monologo a una conversazione. Ma l'ho anticipata e, imprigionando una bolla d'aria, ho proseguito: «È tutta colpa dei complimenti».

L'ho vista smarrirsi.

«A vent'anni ti riempiono di così tanti complimenti che ti obbligano a crederci anche quando sono palesemente falsi, a trent'anni cominciano a diminuire, improvvisamente e senza un vero perché. Tu credi di non essere poi così diversa, perché, se fino a poco prima eri tu a dominare il gioco, come mai nessuno ti ha avvertita che sono cambiate le regole?»

Brancolava nel buio.

«A quarant'anni l'unica cosa che sai dire è che le ventenni sono tutte stupide. Già, perché la memoria a lungo termine te la sei giocata insieme agli aperitivi e alle lacrime. È possibile che lo fossi anche tu? Scrolli la testa e rispondi di no. Perché a vent'anni tu sapevi cosa fare e dove andare, ed eri brava anche a strappare un complimento e tenerti un uomo. Sì, tu a vent'anni eri la numero uno, e come ci sei arrivata qui, a commiserarti vestita come una passeggiatrice, non te lo riesci proprio a spiegare.» Poi l'ho fissata e ho continuato, perché ci stavo prendendo gusto anche se iniziavo ad affannarmi: «Ma è così, Silvia, lo è per tutte. Certo, qualcuna ha più fortuna e un amore lo trova e lo protegge come può, come ho fatto io. Ma un giorno, dopo sedici anni di matrimonio senza una sola ombra, ecco che tuo marito ha un incidente d'auto e tu scopri che lui non è dove credevi che fosse e soprattutto non era solo. E così, a piangere sul divano con un bicchiere di alcol in mano, ti ci trovi all'improvviso dopo il previsto e, ti assicuro, saltare uno scalino può essere molto doloroso».

Ero arrivata così in alto che cadendo non potevo non farmi male.

Silvia teneva lo sguardo basso per cercare un conforto nel pavimento, mentre io a un tratto mi sono ammutolita, perché l'aria non riusciva più a entrare. Emettevo dei leggeri fischi affannosi, i compagni di una vita.

«Giulia, tra me ed Emanuele c'è solo un'amicizia.»

Non ho risposto. Quello era il suo momento di spiegare tutto, di lei e di Emanuele.

Non era semplice, questo lo capivo.

«Voglio cominciare dall'inizio.»

Giocherellando con le frange del tappeto, ha provato a spiegarmi come si erano incontrati, e di che natura fossero i loro appuntamenti, che non c'era volta in cui Emanuele non parlasse di me. Poi ha alzato lo sguardo per confermarmi quello che era giusto che io sapessi, che mio marito mi amava più di ogni altra cosa al mondo, ma è rimasta bloccata sui miei occhi spalancati. Sapevo di avere il volto completamente rosso, e le labbra aperte alternavano strani tentativi di catturare aria a feroci colpi di tosse.

«Giulia!» Si è avvicinata mentre l'infiammazione stava invadendo le vie aeree. Ha provato a toccarmi mentre i miei bronchi si stavano ostruendo. Poi, finalmente, mi ha allungato la borsa e ha tirato il nastro rosso che legava la mia medicina.

L'ho portato alla bocca. Era scarico. Il sollievo non è arrivato. Non avevo la forza di darle istruzioni per trovare un altro broncodilatatore.

Silvia si è alzata ed è corsa fuori dalla stanza. Pochi secondi dopo, è ricomparsa con una bomboletta in mano mentre io ero ormai scivolata a terra.

Si è inginocchiata e ha sperato che quell'aggeggio funzionasse. E così è stato. La sua mano ha raggiunto la mia e il suo sguardo mi ha centrata. Lei ha annuito e io ho ripreso a respirare.

È scivolata accanto a me stringendo le gambe al petto. Con un filo di voce le ho chiesto: «Come l'hai trovato?»

Si è voltata verso di me. «Era quello che stavo cercando di spiegarti. Emanuele parla solo di te, è stato lui a salvarti. Mi parla così spesso di te e della paura che gli fanno i tuoi attacchi d'asma. Mi ha raccontato di tutti i broncodilatatori che ha nascosto in casa. Per questo sapevo dove trovarlo. Nel tuo comodino, che ho riconosciuto perché so anche che cosa leggi prima di andare a dormire. Lo so che ti può sembrare assurdo, ma io ed Emanuele siamo solo buoni amici e niente di più, perché lui è ancora innamorato perso di te.»

La matematica lo spiega chiaramente: la difficoltà è intesa come la resistenza che un quesito oppone alla sua corretta soluzione.

Mi sono sempre chiesta se le difficoltà della vita fossero quantificabili con un semplice calcolo o assomigliassero di più a un percorso alpinistico, dove viene riportata la descrizione della via di salita e questo permette agli alpinisti di scegliere itinerari commisurati alle proprie capacità.

Mi era sembrata un nemico da combattere, prima, e un angelo custode, poi. Questo era molto difficile da accettare.

Avevo ascoltato un fiume di parole che aveva l'unica pretesa di descrivermi mio marito. Un uomo divertente, svagato e giocherellone che mi aveva sedotto secoli fa, come se lei lo conoscesse meglio di me senza averlo mai visto nudo.

Era questo il confine? Più ti spogli, meno ti riveli? Più condividi la tua intimità con qualcuno, più questo sarà portato a nasconderti quello che lo rende felice?

L'amante batte la moglie ma l'amica batte tutti? Come una strana piramide che porta alla base la compagna di una vita e al vertice la tua confidente.

Era questo il segreto di quel disegno divino che tanto ti ha fatto sospirare, soffrire, aspettare, piangere e volare? All'altare dovresti portarci qualcuno che accetterai di non conoscere mai fino in fondo?

Se le regole sono queste, allora è il modo di comunicarle a essere sbagliato. Sì, perché qualcosa che non va, da qualche parte, deve esserci.

Mi sono accorta di essere rimasta sola, seduta accanto al divano, e per un attimo ho pensato di aver sognato tutto, ma il pensiero non mi rincuorava.

Mi sono diretta in cucina, dove ho trovato Silvia intenta ad armeggiare con la macchina del caffè. Ho ripensato al giorno in cui Emanuele la portò in casa. Che l'avessero acquistata insieme, o gliel'avesse regalata lei? Ho preso aria per riempire il vuoto che mi si era formato nella pancia. D'ora in poi, avrei guardato tutti gli oggetti di casa, tutti quelli che appartenevano a lui, immaginandoli acquistati da Silvia? Mi sono seduta.

«Ti ho preparato un caffè, dovrebbe aiutarti.» Ha appoggiato la tazza sulla tavola e ha mormorato: «Latte e zucchero, vero?»

«Sì», ed era vero. Possibile che Emanuele le avesse detto anche come mi piaceva prendere il caffè? L'ho buttato giù in un sorso e mi sono alzata a spalancare la finestra, sperando che quella sensazione di soffocamento uscisse da me.

«Silvia?» l'ho chiamata senza voltarmi.

«Sì?» come se saltasse sull'attenti.

«Vorrei restare un po' sola ora.»

«Certo. Capisco. Questo è il mio numero, per qualunque cosa avessi voglia di chiedermi.»

«Grazie», ed ero sincera.

Lei è svanita quasi subito e lì, da sola in quella che una volta era soltanto la mia cucina, io, immobile, sospesa, interrotta, divorata dall'ansia, sono scoppiata in lacrime.

Un paio d'ore dopo, sono andata in ospedale a prendere Emanuele. Gli avevo portato qualcosa da mettersi per la cerimonia e, mentre lo aiutavo a vestirsi, ho detto: «Ho conosciuto Silvia!»

«Davvero? Quando?»

«Stamattina. Mi ha salvato la vita», ho risposto con tono ironico. «Mentre mi spiegava la natura della vostra relazione mi è venuto un attacco d'asma; ma non c'è stato da preoccuparsi, perché pare che Silvia conosca tutti i nascondigli delle mie medicine.»

«Meno male che c'era lei, allora.»

«Se non fosse venuta, forse non avrei avuto nessun attacco...» ho risposto troppo stizzita. In fondo, io ce l'avevo solo con me stessa e con nessun altro.

«Giulia, guarda che Silvia è una brava ragazza. Noi siamo soltanto amici.»

Ho fatto la cosa peggiore che possa fare una madre.

«L'ho conosciuta per caso. Era la fine di febbraio di cinque anni fa.»

Ho abbandonato mio figlio.

«Ero entrato in una tavola calda vicino all'università con il preciso obiettivo di mandare giù qualcosa.»

Ventitré anni fa. Avevo sedici anni. Lui era un cameriere che lavorava nel ristorante di mamma. Te lo immagini? Sedotta da uno che portava piatti. Ma a me piaceva. Mi faceva ridere ed era pieno di vita. Aveva dei sogni, voleva andare all'università e comprarsi una casa in periferia. Io ero quella che sono tuttora, una che non capisce quasi nulla. Ci sedevamo sugli scalini del retro e chiacchieravamo.

«Ho sentito il cameriere dire: 'Devo farla aspettare, non ci sono tavoli liberi' a una perfetta sconosciuta, che ha risposto: 'Posso sedermi accanto a quell'uomo, se è d'accordo', indicando me.»

Ogni sera mi portava un regalo. A volte un fiore, altre un fermaglio per i capelli o un bracciale di brillantini. Siamo diventati amici. Poi mi ha invitata a uscire. Di pomeriggio, siamo andati al cinema. Poi a passeggiare sul mare o a mangiare un gelato. Io dicevo a mia madre che andavo a studiare da una compagna di classe, per stare con lui fino alle sei del pomeriggio. Orario in cui lui doveva iniziare a lavorare.

«Il cameriere si è girato e mi ha indicato. Era una

ragazza bionda con gli occhi tristi di chi aveva appena pianto. Ho sorriso per non sembrare ostile.»

Un giorno prese la patente. Lo aiutavo a studiare e a fare i quiz e, quando superò l'esame, mi telefonò per dirmelo. Corsi a rispondere prima che lo facesse mamma. Di papà non mi preoccupavo, lui sembrava sempre non esserci e non aveva la minima idea di chi frequentassi. Lei invece avrebbe riconosciuto la sua voce senza troppi sforzi, e mi avrebbe impedito di continuare a frequentarlo.

«'Mi scusi, le dispiace se mi siedo al suo tavolo?'
«'Be', no, ho quasi finito.'»

Un pomeriggio mi venne a prendere a scuola con l'auto di suo padre. Ero così emozionata. Mi sentivo grande. Tutte le mie compagne di classe mi stavano a guardare. Io andai da lui senza correre, volevo che tutti mi notassero, che vedessero che avevo un ragazzo con la macchina che mi veniva a prendere. È uno dei ricordi più belli che ho. Andammo avanti così per quasi tutto l'anno. Mi lasciava alla fermata dell'autobus e io andavo a pranzo a casa come se nulla fosse. La tata mi dava da mangiare perché mamma era al ristorante.

«'Non si preoccupi, non mangio da tre giorni e ora mi tremano le gambe, devo proprio sedermi, ma giuro, non la disturberò con i miei problemi', mi ha detto.

«L'ho guardata come se fosse un'aliena e, chiamando il cameriere, ho aggiunto: 'Porti qualcosa di molto calorico alla signorina! Offro io!'

«Poi l'ho scrutata e ho provato a essere sincero: 'Tre

207

giorni, francamente, mi sembrano troppi e, o lei era decisamente sovrappeso, o è di quelle che sostengono che divorare una vaschetta di gelato davanti alla televisione non sia mangiare poiché non si sta seduti a tavola!'

«Se avesse potuto mi avrebbe ridotto in cenere.»

Un giorno le dissi che mi sarei fermata a pranzo a scuola per un'attività pomeridiana, e così accadde. Andammo a casa sua. Mi tremavano le mani e credo anche tutto il resto. Non l'avevo mai fatto e non sapevo come dirglielo. Poi, quando mi regalò una rosa, capii che già lo sapeva e così mi affidai a lui. Mi portò lontano tenendomi sempre la mano. Mi baciò con delicatezza, appena un accenno. È stato così che ho capito quanto fossi brava a baciare. Avevo fatto centinaia di prove allo specchio in camera mia e letto tutti gli articoli trovati sulle riviste. Sapevo dei nasi che non si devono incontrare, della lingua che deve aspettare il suo momento e delle mani che devono accarezzare il viso.

«'Senta, apprezzo la sua disponibilità, ma non siamo obbligati a fare conversazione', e ha fatto finta di leggere il menu.

«'Mamma, che brutto carattere!' le ho risposto. 'Non c'è da meravigliarsi se il fidanzato se l'è data a gambe!' ho aggiunto, e il suo sguardo si è fatto intenso come se volesse picchiarmi.»

Mi baciò per un tempo infinito e, mentre i nostri corpi si appiccicavano l'uno sull'altro, io non desideravo altro che rimanere lì. È così bello fare la conoscenza di qualcuno in quel modo, senza barriere, senza limiti.

Non sono mai più stata tanto me stessa. Con il tempo e i pomeriggi che passavano, imparai, e le mie mani si muovevano veloci e gli occhi rimanevano aperti per guardare la gioia nei suoi. È stato un attimo breve ma bellissimo. Pensavo che, avendo finalmente scoperto la felicità, avrei saputo cosa farne. Mi sbagliavo.

«Ha alzato lo sguardo su di me, ha sospirato e lentamente ha riempito gli occhi d'acqua. Ha iniziato a mordersi le labbra e ha lasciato che una goccia le attraversasse una guancia. Perché, quando il gioco si fa duro, i duri si fanno sotto.»

Mamma lo scoprì. Ero incinta. Se ne accorse prima di chiunque altro. Prima di me. Mi guardò in faccia. Mi osservò. È sempre stata la donna più perspicace del mondo. Non lo sapevo nemmeno io. Un giorno mi portò da un medico. Fu un attimo. C'era qualcosa che batteva dentro di me, ma non da molto.

Mantenne la calma, come sa fare lei. Io esplosi nella mia verità. Ero così convinta di quello che avevo fatto che sapevo che mi sarei salvata. Un bambino? Non sapevo nemmeno cosa volesse dire, ma non mi sembrava male.

«Mi sono sentito in colpa. Io stavo solo scherzando e di certo non volevo ferire una giovane donna che non avevo mai visto. 'Mio Dio, mi scusi, non volevo ferirla. Una ragazza così carina non avrà nessun problema a trovare un fidanzato, è per questo che l'ho detto, davvero, insomma, se lei fosse stata una cozza, non avrei scherzato così', le ho detto.»

Poche settimane dopo, di lui non c'era nessuna traccia. Mamma lo aveva liquidato a dovere e io ero, insieme a lei e a mia sorella, in viaggio per l'Inghilterra. Mamma lasciò la gestione dei locali a un suo collaboratore fidato e affittò una villetta a nord di Londra. Un quartiere residenziale a pochi passi dalla nostra scuola. Io e Ilaria andammo lì senza fare domande. La mia pancia cresceva e le lacrime sembravano non finire mai. Ero così piccola. In classe nessuno mi dava confidenza. Ero l'italiana, quella incinta, la misteriosa. Ero sola con mia madre.

«Mi sentivo sufficientemente cretino, perché lei sembrava sul punto di scoppiare a piangere. Non sono mai stato tanto in imbarazzo.

«'Quello che voglio dire è che a una brutta non si dice che lo è, mentre a una bella lo si dice per scherzare', ho cercato di giustificarmi.»

Mio padre ci raggiungeva ogni due settimane e passava la maggior parte del tempo insieme a Ilaria. Non facevo altro che pensare a lui, al mio amore. Odiavo quella pancia che me lo aveva portato via. Ora so che mia madre avrebbe trovato un altro modo per allontanarmi da lui anche senza il bambino, ma io non potevo saperlo. Gli ultimi mesi fui costretta a letto. Stavo male, avevo dolori dappertutto e non riuscivo a digerire nulla. Mamma stava sempre con me. Mi accompagnava alle visite e poi al corso pre-parto. Mi insegnò a respirare e a rilassarmi. Mi cospargeva la pelle di olio di mandorle e tutte le sere mi massaggiava le gambe gonfie.

«La sua espressione è cambiata. Come se si fosse divertita abbastanza e si fosse tolta la voglia di vedermi in difficoltà, mi è scoppiata a ridere in faccia. Se fossi stato un tipo impulsivo, mi sarei alzato da lì e me ne sarei andato e ora non saremmo qui a parlarne. Ma io non ho mai avuto troppa fretta.»

Un giorno arrivò un dolore appuntito e straziante. Pensavo che sarei morta, che mi sarei spezzata in due. Mamma mi asciugava il sudore e mi stringeva la mano con forza nel momento più acuto. Durò tantissimo. Non voleva uscire. Era girato male e aveva il cordone intorno al collo, ma poi ce la fece. Lo vidi solo un attimo prima che lo portassero via.

«Ora ero certo che si sentisse davvero felice, perché la sua espressione era completamente nuova. Diversa. Solare e trasparente.»

Nei fogli che la mamma aveva firmato per me c'era scritto qualcosa che mi toglieva tutti i diritti di toccarlo. Quando l'anno scolastico terminò, tornammo a casa. Mamma riprese le redini dei suoi affari e io tornai nella mia vecchia scuola, dove ero diventata quella che aveva vissuto a Londra. Popolarissima. Raccontavo a tutti di locali che non avevo mai visto, di compagni di classe fighissimi, di concerti di gruppi pop e di attori del cinema che si incontravano per la strada. Inventavo tutto per seppellire i ricordi e quella strana sensazione che ho ancora oggi. Di non aver capito.

«'Stava fingendo?' ho chiesto stizzito.

«'Mi scusi, ma prima di dichiarare guerra si dovrebbe conoscere l'arsenale nemico! Io sono Silvia.' E ha allungato una mano verso di me in tono amichevole.»

«'Mi ha fregato. Emanuele, piacere mio.'»

«È stato con quelle esatte parole che, in una tavola calda del centro storico, si è compiuto un miracolo. È nato un legame silenzioso che ha attraversato gli anni. Io e Silvia abbiamo iniziato a parlare e lentamente siamo diventati semplicemente amici.»

Vogliamo sempre sapere la verità. La desideriamo più di ogni altra cosa. Frughiamo nelle tasche e controlliamo umori e telefonate. Lo facciamo perché siamo convinti di poterla affrontare e, se questa sembra sfuggirci, ci intestardiamo come muli senza prendere in considerazione che forse sarebbe meglio non sapere.

Sono stata sbattuta via. Come se avessero spalancato la finestra e io fossi solo un pezzo di carta. Ho guardato mio marito parlare di lei, del suo segreto che ora brillava alla luce del sole e ho capito perché non ne avevo mai sentito parlare: perché non c'era abbastanza spazio per entrambe.

Era chiaro. Non puoi entrare in casa dicendo: «Sai, oggi ho trovato un'amica!» No, non puoi farlo. Come se fosse una moneta, un gatto o un portafoglio. Perché un'amica non si trova, si cerca. E questo ha tutto un altro sapore. Sa di sconfitta, di vuoto e di silenzio. Dello spazio che non ho saputo occupare, delle giornate senza sapere dove ti trovavi, dei posti che non so se hai già visto.

Di me e di te. Che siamo bravi a capirci solo se non ci diciamo tutto e che ci rispettiamo solo se riusciamo a evitare lo scontro.

Tra migliaia di persone, cosa vi aveva legati? Perché proprio voi due? Dove ha inizio l'amicizia tra un uomo e una donna? Dall'attrazione? Come tra me e Federico?

«Emanuele, la prima volta che l'hai vista, cos'hai pensato?»

«Cosa?»

Il suo corpo si è irrigidito. Mi ha guardata con l'aria di chi non capisce ma teme il punto d'arrivo.

«Voglio sapere cos'hai provato la prima volta che l'hai incontrata. Non potevi sapere che sareste diventati amici, no? Poteva essere una che non avresti visto mai più», ho fissato prima una pupilla, poi l'altra.

«È passato troppo tempo. Io non ricordo chi fosse Silvia prima di diventare Silvia.»

«Non hai risposto.»

«Sì che l'ho fatto, Giulia, solo non è quello che vuoi sentirti dire.»

Si è avvicinato leggermente a me per ridurre lo spazio che ci separava. «Stai facendo l'errore di tutti. Sarebbe più facile se ti dicessi che è stata la mia amante?»

Quella che si è irrigidita, ora, ero io. «Almeno avrei un motivo per essere arrabbiata», ho risposto, e mi sono allontanata da lui.

«Giulia, non diventare come gli altri, ti prego!»

Io sono peggio degli altri e l'unico che sembra non accorgersene sei tu.

«Non posso. Perché nemmeno tu sei come gli altri?» E stringendo i pugni ho esclamato: «Non potevi avere una relazione come tutti? Una scappatella o un'avventura?» Ho preso fiato e, con la febbre della mia ipocrisia nella pancia, ho proseguito: «L'avrei potuta perdonare, da qualche parte c'è scritto come si fa, avrei potuto chiedere aiuto e sfogarmi. Così invece mi sembra di essere sfiorata da qualcosa che non mi dovrebbe urtare più di tanto, come se non fossero fatti miei. Ti rendi conto che è la mia vita, quella di cui parliamo? Continuo a pensare che sia un segreto, di non averla mai conosciuta. E sai perché?» Lui ha spalancato gli occhi. «Perché non so cosa fare. Non so cosa dire. Non so cosa mettermi o cosa mangiare. Non riesco nemmeno a riconoscermi allo specchio. Mi sono fermata là, a quel giorno, perché se vado avanti incontro solo cose che mi parlano di voi.»

«Quale giorno?»

«Quello in cui vi ho visti.»

«Quando?»

«Un bel po' di tempo fa.»

«Giulia, ma perché non mi hai detto nulla?»

«Perché avevo paura. Pensavo che foste amanti. Come avrei potuto dirlo a mia madre?»

«A tua madre? Lei non è la mia amante. Se me l'avessi chiesto avremmo chiarito molto tempo prima.»

E non sarebbero successe tutte le cose marce a cui ho fatto spazio nella nostra vita.

Ho continuato a recitare la mia parte.

«Non potevo certo immaginare che non ci fosse nulla. Non lo avrebbe creduto nessuno.»

«Sarebbe stato meglio il contrario?»

«Forse sì», ho risposto e, come pioggia su una scatola di latta, ho aggiunto: «Perché sapere che non ti sei nutrito di sesso, ma di tutto il resto, rischia di uccidermi».

Emanuele si è avvicinato di nuovo.

«Se vuoi che smetta di vederla, lo farò. Me lo devi soltanto chiedere. Ma non ti stupire se ti sembrerà di aver perso qualcosa. Un pezzo di me.»

Non l'avevo mai visto così fermo su un pensiero e, incapace di sostenere il suo sguardo, ho abbassato il mio.

«Non ti so spiegare il perché, ma posso provare a dirti come. Per caso, Giulia. È nato tutto per caso. E quando ho scoperto che mi faceva bene, era troppo tardi per dirtelo. Perché non sono stupido, sapevo che ti avrei fatto male. Cosa potevo fare? Dirti che là fuori c'era qualcosa che azzerava il tempo, che mi distraeva o che mi faceva ridere? Quand'è stata l'ultima volta che abbiamo riso insieme, Giulia? Che ci siamo divertiti. Non lo facciamo più nemmeno in vacanza.»

È triste, ma era così. Io ero troppo vicina per vedere l'insieme.

La paura che avesse ragione si è materializzata pesante sotto lo sterno.

«Non lo so davvero il suo significato. Ci ho pensato mille volte e non credere che non mi sia sentito in colpa, ma non ho fatto nulla di male. Anche se non ti ho mai mentito, ho omesso una parte importante di me, una parte bella, e l'ho fatto solo perché tu sei mia moglie e questo, invece di unirci, ci ha diviso.» Poi, abbassando il tono della voce, ha proseguito: «Capisco come ti senti, perché se fosse successo a te, be', io... ci sarei stato malissimo. Non so come usciremo da questa situazione, ma io non ho mai smesso di amarti».

Emanuele si è avvicinato ancora di più e, con l'unico braccio libero dalle fasciature, mi ha stretto forte a sé come sapeva fare lui, come faceva una volta.

Ho aspettato che il calore del suo corpo mi scaldasse e ho ceduto. Aggrappandomi all'unica cosa che non avevo mai perso, sono scoppiata in lacrime senza trovare il coraggio di dirgli che, tutto quello che credevo lui avesse fatto a me, io lo avevo fatto a lui.

Ho pensato a Federico e alla mia voglia di confessare, ma la paura di perdere mio marito è diventata così forte e concreta che l'ho allontanata subito.

Ci sono cose che si possono ignorare, altre no. Di tutti i miei segreti, solo uno doveva venire alla luce. Anche se forse era ormai troppo tardi.

QUANDO siamo entrati in chiesa, la cerimonia era già iniziata. Mio padre aveva accompagnato Ilaria all'altare e l'unica voce che si poteva udire era quella del cardinale. Ho guardato mia sorella allungare la mano verso Giò e ho provato un forte senso di schifo. Mia madre si è voltata. Ci siamo fissate con disprezzo.

«Siete in ritardo! È il matrimonio di tua sorella, potevi sforzarti di arrivare in orario, no?»

La voce di una soprano accompagnata da un'arpista ha riempito la chiesa.

L'ho raggiunta in prima fila. Si comportava come se nulla fosse, come se non si fosse accorta della mia perquisizione nella sua stanza. Possibile che Anna avesse fatto un miracolo? Occultato tutto?

Emanuele si è attardato a salutare un po' di parenti che volevano sincerarsi delle sue condizioni di salute.

Carissimi Ilaria e Giovanni, siete venuti nella casa del Signore, davanti al ministro della Chiesa e davanti alla comunità, perché la vostra decisione di unirvi in matrimonio riceva il sigillo dello Spirito Santo, sorgente dell'amore fedele e inesauribile.

Quando mi sono seduta sulla panca, mia madre si è guardata intorno per essere certa che nessuno ci vedesse e ha tirato fuori qualcosa dalla sua borsa.

«Questo deve essere tuo.»

Il mio bracciale di perle brillava sulla seta blu dei guanti di mamma.

Mi sono toccata il polso. Non c'era. L'avevo perso.

Ora Cristo vi rende partecipi dello stesso amore con cui egli ha amato la sua Chiesa, fino a dare se stesso per lei. Vi chiedo pertanto di esprimere le vostre intenzioni.

L'ho guardata e, come se glielo stessi leggendo negli occhi, ho ricordato dove potevo averlo perso. A casa di mia sorella il pomeriggio prima, mentre ero con quello che oggi sarebbe diventato suo marito.

Ilaria e Giovanni, siete venuti a contrarre il matrimonio in piena libertà e consapevoli del significato della vostra decisione? Siete disposti, seguendo la via del matrimonio, ad amarvi e a onorarvi l'un l'altra per tutta la vita?

«Mettitelo!» mi ha ordinato. «L'ho trovato vicino alla porta della stanza da letto. Dovresti vergognarti!»
Non l'ho fatto, mamma. Mi sono fermata in tempo. Non ho trascinato mia sorella in tutto questo schifo, ma la cosa peggiore è che, se te lo dicessi, tu non mi crederesti mai. È questo ciò con cui io dovrò combattere per sempre.

Mentre mi allacciavo il bracciale, mi sono venute in mente un mare di domande. Cosa ci facevi in casa di mia sorella il giorno prima delle nozze? Di chi non ti fidavi? Di lei? Di lui? O sempre e solo di me, mamma?
E invece mi è venuta l'idea migliore che potessi avere.
«Perché l'hai fatto, mamma?»
«Sono andata a sistemare la casa di tua sorella e l'ho trovato. A volte mi chiedo cosa ti passi per la testa.»

Siete disposti ad accogliere con amore i figli che Dio vorrà donarvi e a educarli secondo la legge di Cristo e della sua Chiesa?

«Non parlo di questo.»
«E di cosa, allora?»
«Anch'io ho qualcosa da darti.»
Ci siamo guardate, le ho allungato la lettera e le copie dei versamenti che avevo recuperato nella sua camera.
Mia madre si è irrigidita.

«La lettera è tornata indietro. Mi dispiaceva dirtelo!» ha farfugliato in modo poco convincente.

«Parlo di quello che è accaduto ventidue anni fa.»

«Non è questo il momento.»

«Per te non lo è mai. Per me è arrivato. Voglio sapere dov'è mio figlio! Perché continui a versare soldi all'istituto?»

«Cosa?»

«Hai sentito bene. Voglio sapere chi stai mantenendo!»

«Non ora, Giulia!»

«Sì, mamma. Proprio ora, oppure mi alzo in piedi e dico a tutti che ieri pomeriggio ho scopato con il quasi marito di mia sorella!»

«Non puoi farlo.»

«Cos'ho da perdere? Nulla più di quanto tu non mi abbia già tolto!»

Vi dichiaro marito e moglie. Può baciare la sposa.

Uno scroscio di applausi ci ha zittite. Ilaria si è voltata sorridente verso di noi. Mamma si è alzata in piedi come se nulla fosse.

Sono uscita dalla chiesa per prima. Mentre tutti aspettavano di vedere gli sposi firmare il loro futuro, io cercavo di riempire i polmoni di aria.

* * *

«Ho fatto la cosa migliore per la tua vita», la voce di mia madre mi ha colto alle spalle. Mi ha tirata per un braccio e mi ha allontanata da lì.

«Ci risiamo. Non sai dire altro?»

«Tu non mi hai mai chiesto di tenerlo.»

«Ero solo una bambina!»

«Appunto! Cosa avresti mai potuto combinare con un figlio?»

«Mi hai portata a migliaia di chilometri perché non lo sapesse nessuno.»

«L'ho fatto per salvaguardare la tua vita, perché tu potessi continuare a vivere qui senza...»

«Senza cosa? I giudizi? Gli sguardi? L'infamia? Oppure senza mio figlio? Sono vissuta senza vita, mamma!»

«Ci hai messo anni, prima di chiedermi che fine avesse fatto. Questo mi basta per capire di aver preso la decisione giusta! Che madre saresti stata?»

«Certamente non peggiore di te!»

«Non ti permettere.»

«Mi permetto eccome. Ho passato la vita a sperare di avere l'occasione di essere perdonata. Ora so che l'unica che dovrebbe sentirsi così sei solo tu!»

«L'ho fatto unicamente per il tuo bene. Come avresti potuto crescere un figlio malato?»

Le sue parole erano lì, sospese tra me e lei, pronte a spiegare tutto. Tranne il suo comportamento.

«Malato? Che cos'ha?» ho sussurrato mentre il mio corpo si stava pietrificando.

«Una malformazione al cuore che gli impedisce di vivere come gli altri. L'hanno operato quando era piccolo, ma la situazione è migliorata solo in parte. Per questo motivo non l'ha voluto nessuno, ma io l'ho mantenuto ogni mese perché non gli mancasse nulla.»

«Quindi lui è sempre rimasto lì, dove l'avevo lasciato? Sarei potuta andare a prenderlo... Come hai potuto fare una cosa simile? È così difficile pensare che non si possa smettere di volere bene alla propria madre? Tu mi hai privato anche di questo. Di qualcuno che mi ama nonostante tutto.»

Non mi ha risposto.

«Perché non mi hai fatto abortire? Se non lo avessi mai toccato...»

«Perché è peccato. Non avrei mai permesso alla tua anima di finire all'inferno!»

«Alla mia anima no, ma alla mia vita sì! C'è solo una cosa peggiore dell'essere una cattiva madre: essere convinta di essere la migliore!»

E mentre dalla chiesa provenivano applausi e grida di gioia, le mie parole la trafiggevano una a una.

Quando il riso ha smesso di volare sulle nostre teste e una lunga processione di persone si apprestava ad abbracciare gli sposi, ho visto mio padre. Si era messo da parte per lasciare spazio agli altri, come aveva fatto per tutta la vita. Guardavo quell'uomo elegante e distinto mentre la mente mi si riempiva di domande che avrei voluto rovesciargli addosso. Mi sono avvicinata.

Lui mi ha sorriso e ha allungato una mano sulla mia.

«Tua sorella è bellissima», ha detto, come se alla fine quello fosse davvero ciò che contava.

«Lo è sempre stata...» ho risposto.

«Se avesse quel pizzico di Giulia in più, sarebbe perfetta!» ha sussurrato stringendomi leggermente a sé.

L'ho fissato negli occhi.

Quel pizzico di Giulia: forse era tutto lì il mio problema?

Ho preso fiato.

«Perché gliel'hai permesso?»

Lui si è irrigidito e ha abbassato la testa.

«Non ho avuto abbastanza coraggio. Ho voluto credere che lei avesse ragione, mi sono nascosto dietro le sue verità. Poi un giorno ho aperto gli occhi. Non riuscivo più a guardarti in faccia, così ho dimostrato tutta la mia vigliaccheria, me ne sono andato di casa...»

«Non te ne sei andato perché lei aveva una relazione?»

«No, Giulia. Me ne sono andato perché mi odiavo. Non ero riuscito a fare l'unica cosa che avrei dovuto, proteggerti.»

È stato come essere avvolti da un po' di aria calda.

«Ma perché sei tornato?»

Lui ha chiuso gli occhi per un attimo.

«Eravate la mia vita, non era facile starvi lontano...»

«Dimmi la verità, avevi paura di lasciarci sole con lei?»

Lui ha alzato le spalle per non rispondermi.

«Davvero? Pensi che questo mi basti?» l'ho incalzato.

«No, non lo penso, ma tu non sei come gli altri, tu non hai bisogno di trucchi.»

«Trucchi? Li chiami trucchi? Per contrastare la mamma ci vorrebbe il genio della lampada in persona. Come hai potuto resistere così tanto tempo accanto a lei?»

«Io non ho resistito accanto a tua madre, io sono stato accanto a tua madre. Si chiama matrimonio e, quando ho smesso di chiedermi perché non fosse come la volevo io, lei ha iniziato a diventare speciale.»

Avrei voluto abbracciarlo, forse avrei dovuto, ma avevo ancora qualcosa che mi tormentava e quello era il momento di sapere.

Cos'è la felicità? Avere tanti soldi, figli perfetti, vivere in un paradiso e avere il lavoro dei propri sogni? E se, per caso, capitasse che i nostri figli fossero semplicemente come tanti altri, il nostro lavoro si limitasse a non dispiacerci e al posto del paradiso abitassimo in un luogo comodo?

La verità è che la felicità spesso assomiglia molto al famoso bicchiere pieno a metà.

Mi sono voltata alla ricerca di Emanuele. Avevo bisogno di aggrapparmi a lui, anche questa volta.

Emanuele, intercettato il mio sguardo, si è allontanato dalla folla impegnata nel consueto lancio del riso, per venirmi incontro. L'appuntamento era in uno dei ristoranti di mamma, dove era stato allestito tutto il necessario per il più indimenticabile ricevimento che la città fosse in grado di ricordare. O almeno così si diceva.

«Stai bene?» mi ha chiesto.

Ho annuito.

«Non dire balle. Tua madre, per parlare con te, si è persa lo scambio degli anelli. Doveva avere qualcosa di veramente importante da dirti.»

«Devo andare a Londra! Mi accompagni?»

«Certo che ti accompagno, ma perché dobbiamo?»

«Voglio conoscere una persona.»

«Davvero? Chi?»

«Mio figlio.»

Emanuele ha fatto un passo indietro e mi ha fissato negli occhi.

«Chi?!» ha esclamato.

«Ha ventidue anni e non so nulla di lui.»

«Giulia, di cosa stai parlando?»

«Come vedi, non sei l'unico ad avere dei segreti.»

«Hai un figlio? E perché non me ne hai mai parlato? Perché vive a Londra?»

«È una storia lunga e complicata...»

Ho guardato mio marito spalancare la bocca e la sua testa voltarsi alla ricerca di mia madre, come se avesse capito che tutto, anche questa volta, dipendeva da lei e non ci fosse bisogno di aggiungere altro. Poi i suoi occhi sono tornati su di me e, invece di correre a congratularsi con i giovani sposi, mi ha detto: «Salutiamo e andiamo a fare le valigie. Avrai tempo in viaggio per spiegarmi tutto».

«Ma c'è il ricevimento. Non possiamo sparire. Cosa penseranno?»

«Davvero ti preoccupi di questo? Mi hai appena detto di avere un figlio e pensi al ricevimento di tua sorella? Io e te ora andiamo a comprare i biglietti per il primo volo, perché francamente inizio a essere stufo della tua famiglia!»

Non importa quale sia la luce che ci illumina. Importa che ci sia qualcuno disposto a guardarci.

DURANTE il volo, Emanuele mi aveva lasciata parlare senza interrompermi. Io gli spiegavo una cosa assurda, lui sembrava comprenderla. Non so se fosse realmente così o se io avessi bisogno di crederlo. L'incognita di quell'equazione perfetta era mia madre. Mio marito l'aveva compresa meglio di chiunque altro. Il fatto che ci andasse d'accordo e accettasse i suoi modi non era, come avevo sempre pensato, solo accondiscendenza in nome del quieto vivere. Lui la teneva a bada perché aveva percepito perfettamente che sarebbe stata in grado di fare qualsiasi cosa pur di ottenere ciò che desiderava.

Ho guardato fuori dall'oblò. Un mare di nuvole ci separava dal mondo. Così soffici da dare l'illusione di poterci rimbalzare sopra. Era come la mia vita. Un'illusione. Ho pensato a Federico, e un grosso nodo mi si è stretto nella gola. Chissà se sarebbe stato mai possibile tornare indietro come si fa quando smarriamo qualcosa e ripercorriamo la stessa strada al contrario, chissà se, viste dalla fine, le cose sarebbero sembrate poi tanto diverse. Io e Federico, cosa eravamo stati? Forse soltanto un dolore che qualcuno non avrebbe mai dimenticato. Ecco cos'è il tradimento. Saper tacere. Non solo il silenzio della vigliaccheria, ma l'impossibilità di poter condividere qualcosa che può fare molto male. E io? Come sarei uscita da tutto questo? Avrei potuto inserire una specie di pilota automatico e lasciargli fare tutto quello che doveva. Cucinare, fare la spesa, gestire una riunione, evitare di essere investita, truccarmi e nutrirmi regolarmente. Oppure avrei potuto attirare l'attenzione di mio marito che si stava appisolando accanto a me e dirgli che lo avevo tradito con Federico, l'uomo che pensava avessi soccorso sulla spiaggia. Abbassai la testa, non possedevo tanto coraggio. Non mi mancava per la confessione, mi mancava per sopportare il dopo. Sarebbe precipitato tutto. Più velocemente dell'aereo su cui stavamo volando e che mi riportava là dove la mia storia, il mio essere questa Giulia, era iniziato.

Pensai ancora a Ilaria, seduta su un aereo verso un mare tropicale. Era felice, mia sorella, e lo sarebbe stata per molto tempo. Lei che avrebbe reso quel matrimonio perfetto. Avrei potuto raccontarle chi era il suo principe azzurro, con il rischio di non essere creduta nemmeno per un attimo. Quello che ero stata sul punto di fare era ingiusto e crudele, ma questo non gli toglieva un significato preciso e, per quanto io potessi sentirmi in colpa, sapevo che quel sentimento era soprattutto legato all'inutilità del mio gesto. Poi, tra i miei pensieri, è arrivata mia madre, ed ecco che il mio smarrimento si è trasformato in marmo. Lei mi aveva condannata senza appello. Per questo diventava così difficile pentirsene. Ho chiuso gli occhi chiedendomi quanto sarebbe stato più facile se, riaprendoli, mi fossi accorta di essere solo una donna come tante, con un marito seduto accanto, una madre troppo invadente e un amante da dimenticare.

L'arte della semplificazione era davvero la chiave del successo?

Quando il confessare certe verità smette di alleviare la coscienza, ha già creato un mare di guai.

Il respiro ha iniziato a mancarmi. Ho impiegato un po' ad assorbire tutta quell'emozione. Emanuele mi ha allungato il broncodilatatore. Eccola lì la sopravvivenza: il tuo corpo che ti chiede di occuparsi di lui, la vita che ti richiama all'ordine.

Atterrati a Londra, abbiamo trovato un tempo stranamente sereno. Sembrava di buon auspicio. Abbiamo preso un taxi e ci siamo diretti all'Istituto Saint Thomas.

Non avevamo prenotato un albergo e neanche il volo di ritorno. Non sapevamo cosa sarebbe accaduto.

* * *

L'Istituto Saint Thomas era una grande villa nella periferia di Londra. Non era cambiata molto dall'ultima volta che l'avevo visitata.

Prima di partire avevo letto su internet che negli anni si era trasformata da clinica privata e orfanotrofio in una vera e propria scuola. La gestione era sempre affidata allo stesso istituto di suore italiane.

Mentre sentivo il battito del cuore accelerare, mio marito si è diretto verso il cancello d'entrata.

Quando l'ha aperto per farmi passare, si è accorto che io ero ancora ferma dove mi aveva scaricata il taxi.

«Ehi? Come ti senti? Vuoi che aspettiamo un po' prima di entrare?»

Non ho risposto. Continuavo a fissare la struttura di fronte a me e a vivere ricordi che assomigliavano a immagini oniriche.

«Giulia, ti senti bene?»

«Non molto. Ho bisogno della mia medicina, credo mi stia venendo un attacco.»

Emanuele ha tirato fuori dalla tasca dello zaino ciò che mi serviva e mi ha fatta sedere su una grossa pietra fuori dalla cancellata.

Avevo paura. Avevo sognato così tante volte quel momento che ora non ero in grado di affrontarlo. Forse, se fossi stata sola, sarei scappata.

Emanuele mi ha stretto la mano e mi ha incoraggiata a entrare.

* * *

Abbiamo fatto pochi passi verso l'ingresso. Il giardino era fiorito. Quando abbiamo suonato alla porta, ci siamo accorti di non avere un piano. Tutto era, come sempre, più facile a dirsi che a farsi.

La porta si è aperta e ci siamo trovati davanti un ragazzo giovane, magro e con i capelli scuri.

«Buongiorno. Desiderate?»

Sono rimasta senza fiato. Ho guardato il suo naso, i suoi occhi, il taglio delle sue labbra, alla ricerca di un segno, un tratto che lo riconducesse a qualcosa di mio.

«Possiamo parlare con la direttrice?» ha risposto Emanuele togliendoci dall'imbarazzo.

«Purtroppo ora non c'è. Per parlare con suor Maurizia dovete prendere un appuntamento. Ma forse posso esservi di aiuto io. Volete informazioni sulla scuola? Volete iscrivere vostro figlio qui?»

Emanuele ha annuito e, dopo pochi istanti, ci siamo accomodati in un ufficio. Il ragazzo magro si muoveva piano e con grazia.

Sentivo tremare le gambe. Ho riconosciuto una sala d'aspetto in cui mi ero seduta molti anni prima mentre la mamma decideva del mio futuro, forse proprio nello stesso ufficio in cui eravamo seduti in quell'istante.

«Ecco, qui c'è il materiale informativo sulla scuola e sulle nostre attività. Abbiamo un servizio di refettorio e di convitto, nel caso vi possa interessare. Voi abitate a Londra?»

Emanuele mi ha guardata e ha continuato quella farsa. «Ci trasferiremo tra poco. Per lavoro.»

«Bene. Qui avete la certezza che vostro figlio potrà coltivare entrambe le lingue. Tutti gli insegnanti parlano anche italiano. Quanti anni ha vostro figlio?»

«Sei», ha mentito Emanuele.

«Ottimo. Lo potete iscrivere direttamente alla prima classe. Poi, con calma, potrete scegliere le attività extrascolastiche. Gli studenti possono praticare molti sport, tra cui anche l'equitazione. Vi lascio la lista dei documenti e le scadenze per pagare le rate.»

Mentre ci allungava un altro plico di fogli, una suora è entrata nella stanza.

«Julian? Oh, I'm sorry. I didn't know you were busy. I'll be back later.»

L'ho guardata uscire dalla stanza mentre quel nome mi suonava nella testa come un allarme.

«Lei si chiama Julian?» ho chiesto con un filo di voce.

«Veramente mi chiamo Giulio. È un nome italiano, ma qui mi chiamano Julian!»

«Oh mio Dio!»

«Si sente bene, signora?»

Emanuele mi ha afferrato una mano e l'ha stretta con forza. «Era anche il nome di mio nonno...» ho mormorato.

Il ragazzo mi ha guardato con curiosità mentre Emanuele è intervenuto allungandomi la mia medicina.

«Anche lei soffre d'asma? Anch'io. Dalla nascita!»

E mentre l'emozione mi avvolgeva come una sciarpa

di seta, ho trovato il coraggio di guardarlo negli occhi.
I suoi. I miei.

Si dice che il viaggio sia molto più importante della destinazione. E allora perché io mi sentivo così felice di essere arrivata?

Emanuele

Poi ci sono io, e tutto il casino che ho combinato solo per la paura di dire la cosa più semplice del mondo. Che avevo trovato un'amica. Sì, un'amica, non un'amante, una corteggiatrice o, peggio ancora, qualcuno che non riuscivo a decifrare e che mi metteva a disagio. Solo un'amica. Allora la domanda più semplice è proprio questa: ma cos'è un'amicizia? Nessuno esita mai di fronte a questa domanda, ma tutte le nostre certezze sono pronte a crollare al pensiero che a essere unite in questo sentimento siano due persone che non sono cresciute insieme, che si conoscono da poco tempo pur avendo molto in comune o, peggio ancora, che siano un uomo e una donna.

Ecco che il castello delle convinzioni, dei sostegni e delle comprensioni si macera improvvisamente in un mare di sospetti. Perché non si può stare bene con qualcuno senza provare il desiderio di andarci a letto. No? Davvero? Certo, non è sempre così semplice, ma possibile che non esista una sola possibilità che questo sia vero? Che, anche se ti trovo carina, non abbia nessuna voglia di tradire mia moglie e rovinare il nostro rapporto in un colpo solo?

Allora, le cose da fare restano soltanto due: o si rinuncia a qualcosa che ci fa stare bene, o lo si vive di nascosto. Ma, in fondo, anche questo alla fine è come tradire. E così, ti ritrovi ad aver fatto una scelta anche se non avresti voluto e ad aver mostrato il fianco alle critiche. Hai scelto l'altra? No, non lo farei mai. Rinuncerei al mondo intero per Giulia, se me lo chiedesse, ma sarebbe giusto chiedermelo? In fondo, non ho fatto nulla di male, anche se non sembra.

Non ero attratto da Silvia, non più di quanto lo sarei stato da una qualsiasi altra donna che non fosse mia moglie, e lei non era attratta da me. La verità è che Silvia mi faceva ridere, mi metteva di buon umore e, se il suo nome fosse terminato con la o, questo sarebbe stato considerato come normale, addirittura incoraggiato. Quella a, invece, avrebbe almeno dovuto farmi sentire in colpa. E non per quello che avevo intenzione di fare, ma per quello che non avrei mai fatto. Una cosa semplice, troppo difficile da spiegare. Così si diventa complici di un segreto che segreto non dovrebbe essere.

Si mente, si nasconde, si inventa solo per paura di spiegare che non c'è nulla di male e di non essere creduti.

Fare i conti con la mia vita adesso sembra strano. È come se nulla fosse diventato quello che avevo immaginato.

Da bambino davo per scontato che un giorno sarei diventato padre. Non era un vero e proprio sogno, semplicemente era così che doveva essere. Un po' come trovarsi una moglie e un lavoro. Sono cresciuto in mezzo a persone che erano diventate le madri e i padri di qualcuno e così sarei stato anch'io, prima o poi.

Poi però ho incontrato Giulia. Lei e quella spina sotto la pelle che la rendeva magica e diversa, complicata e difficile nello stesso tempo. Bella come il sole che riflette su un vetro smerigliato e che non ti stanchi mai di guardare. Mia moglie, qualcosa di cui non mi sono mai pentito nonostante avesse il caos dentro, come un gomitolo di cui non trovi mai l'inizio.

Ma un giorno quell'inizio lo abbiamo avuto sotto gli occhi. Era lì e sembrava pura follia come la dimenticanza di Dio.

Tutto è diventato proprio come lo immaginavo quando da bambino avevo intorno i padri e le madri di qualcuno. L'ho capito in un attimo, quando lo abbiamo incontrato e il viso di Giulia si è contratto, le sue palpebre hanno cominciato a sbattere per rallentare quello che non poteva non accadere: un pianto lungo una vita.

Così, finalmente, ho riconosciuto la sua scheggia sottopelle, quella cosa appuntita che la faceva fuggire, portarsi al riparo e allontanarsi dalla luce battente. Era la sua maternità, perché di essere una madre non si può smettere mai, ma spiegarlo al mondo spesso è molto difficile.

Allora mi sono chiesto chi fossero quelle madri e quei

239

padri che ammiravo da bambino. Uomini e donne, carichi di debolezze e portatori di forze, ingenui, romantici, vigliacchi, bugiardi o traditori. Esseri umani che giocano a fare gli adulti, finché ci riescono, che prendono decisioni senza comprendere davvero tutto, buttandosi nel vuoto con la speranza di avere ali abbastanza grandi da riuscire a planare in una radura.

E poi incontri lei, una madre che uccide un'altra madre. Perché un figlio portato via è paragonabile solo alla morte. Ed è stato come voler fare una corsa su una pista di ghiaccio: o indossi i pattini o voli per terra. E questo me lo ha insegnato Giulia chiedendomi di non fare quello che avrei voluto, perché nulla mai l'avrebbe ripagata di tanto male e l'unica cosa di cui aveva bisogno in quel momento era guardare avanti, provare a fortificare quel legame, costruire un ricordo dopo l'altro, come fanno quelli che hanno perso la memoria.

Mi sono seduto accanto a lei e le ho stretto la mano. Ho smesso di cercare una risposta in fondo al bicchiere e mi sono messo in ascolto, perché se è vero che lei non ha mai smesso di essere sua madre, lui invece non ha idea di cosa significhi essere suo figlio e, forse, la cosa che più gli assomiglia è un uomo che la paternità la conosce solo per sentito dire. Come me.

Ora siamo ancora qui, io e lei, a camminare lungo un filo sottile, tenendoci per mano senza più segreti da nascondere per non farci troppo male, a chiederci se fossero proprio quelle cose non dette a tenerci in equilibrio.

Perché questo è un mondo dove non ce la fai a stare

in piedi se sei davvero te stesso. Se dici quello che senti, se gridi quello che provi. Devi trovare l'abilità di essere prima qualcosa e poi qualcos'altro, ma non tutto insieme, altrimenti il sistema rischia di esplodere.

Questo l'ho capito subito quando ho incontrato Silvia. Non ero preoccupato dei sentimenti che mi stavano invadendo o, peggio ancora, di quelli che non volevano presentarsi. Avevo paura di inceppare l'ingranaggio, di innescare la miccia e di dare fuoco a tutto. Siamo animali abitudinari, per questo resistiamo al cambiamento più di qualsiasi cosa e ogni variazione di stato deve essere benedetta dagli altri. Preferiamo rimpiangere matrimoni infelici o posti di lavoro alienanti piuttosto che rischiare di stare meglio. Siamo così, addestrati all'abitudine.

Perché che sia una maternità incompiuta, una truffa colossale o un'amicizia tra un uomo e una donna, poco importa. Ci sono cose che semplicemente non si possono condividere, ma questo non significa che non esistano.

Finito di stampare presso ELCOGRAF S.p.A.
Stabilimento di Cles (TN)
Printed in Italy